CW00959203

Éditions Maspéro, Paris, 1973.
© Éditions des femmes, 1976.
Tous droits de traduction et de reproduction
réservés pour tous pays.

Emma Santos

LA MALCASTRÉE

Éditions des femmes
2, rue de la Roquette, 75011 Paris

BIBLIOGRAPHIE

* *L'Illulogicienne*, Flammarion, 1971.

* *La Malcastrée*, Maspéro 1973 ;
  réédition Poche aux Éditions des femmes, 1976.

* *La Punition d'Arles*, Stock 2, 1975.

* *J'ai tué Emma S.* ou l'écriture colonisée,
  Éditions des femmes, 1976.

A elle, la fille morte.

Elle et moi nous avons fui l'asile ensemble. Nous avons fui l'asile et le silence, une nuit, un début de matin dans la neige. Nous voulions retrouver les autres, les autres et les mots. Dehors, arrivées à la gare, nous avons eu peur. Nous n'étions pas habituées. Nous regrettions déjà, nous voulions retourner dedans...

Elle s'est jetée sous le train.

Moi j'ai continué. J'ai cherché les mots. Un mot pas encore inventé...

1

L'ENFANT, LA FILLE ET LA DAME

Moi aussi j'ai été gardienne de petits fous, avant, quand j'étais classée chez les normaux. C'était mon travail. Je m'occupais de cinquante petits débiles, les petits mongoliens vêtus du tablier uniforme bleu.

« Pas de problème, m'avait dit la directrice de l'orphelinat, vous les attachez et vous avez la paix. Un travail facile, vous verrez, de tout repos... Vous comprenez, le salaire, n'est-ce pas, c'est qu'on est une œuvre de. bienfaisance... Vous voyez ce que je veux dire... On se comprendra, j'en suis sûre, on va bien s'entendre... »

Le matin, je me levais de bonne heure, j'étais heureuse. J'enfilais une robe stricte noire style vieille dame pour plaire à ma directrice et tirais mes cheveux en un chignon net découvrant ma tête de lune flasque et mon regard décidé. J'arrivais à l'orphelinat avec la dose d'amour imprimé dans mon sac, des magazines et des romans-films pour la journée.

Mon premier geste était d'attacher les petits fous aux chaises avec leur ceinture, double nœud solide, l'estomac de l'enfant comprimé. En cas d'inspection imprévue, la classe avait l'air sage. J'installais par raffinement quelques cubes, un jeu éducatif ou un jouet en peluche sur la table placée devant l'enfant. Une pédagogie active, charmante. Je m'asseyais enfin pour lire tranquille mon roman-film.

« Alors il s'énerve celui-là il bouge encore, il faudra dire à l'infirmière d'augmenter la dose des calmants, l'abrutir un peu plus... Ces gosses, il faut les calmer, les mater. Une seule solution : des médicaments... »

Je grognais, rouspétais. L'enfant sans intelligence ne comprenait pas, il souriait.

« T'arrête casse-pieds crétin, t'arrête sale mongolien... »

Il se levait, venait vers moi, marchait comme un canard, la chaise collée aux fesses. Il me tendait ses lèvres gercées. Il bêlait. Juste une petite plainte, supplication.

« Zut, tu vas me laisser finir mon bouquin... Il faudrait te clouer à la chaise pour avoir la paix, saleté de gosse... »

Je lui accrochais les pieds aux pieds de la chaise avec un bout de ficelle. Il dodelinait de la tête, il avait l'air vaguement heureux, il semblait me dire merci. L'enfant à l'intelligence aveugle tapait des mains maladroit.

— Alors l'idiot, tu me laisses finir mon histoire, oui...

Je lui maintenais les mains derrière le dos. Il hurlait de plaisir croyant au jeu. Je mettais un mouchoir dans sa bouche. Ses yeux vides riaient encore. Je ne supportais plus. Je le giflais, je m'acharnais, tapais, insultais, crachais, je rabattais le devant de

8

son tablier sur son visage. Enfin tranquille, je reprenais ma lecture.

« Oh! Katia, oh! Katia mon amour, je veux un enfant blond de toi... Un enfant si beau intelligent... Nous saurons en faire un homme. Oh! Katia mon amour... »

Mon roman-film finissait bien. Je choisissais toujours avec grand soin des livres d'amour, je détestais les histoires tristes compliquées, pleines de problèmes.

Plus tard je n'ai pas supporté, j'ai même pleuré. Cinquante petits fous autour de moi, moi et mon amour imprimé incapable de donner. Cinquante petits fous attachés, les visages masqués par les tabliers, prêts à être exécutés, déjà morts.

Petits enfants, petits fauves rejetés du monde, je vous ai pris la liberté, votre toute petite liberté. Courez, filez, venez... Vous pouvez m'embrasser. Ecoutez-moi, nous n'obéirons plus à la directrice de l'orphelinat. Voilà la vie, je vais vous apprendre la liberté, pas un calme bonheur de livre. Je n'en veux plus, je déteste. Je veux le bonheur vivant.

Ils étaient étonnés, sidérés, quand j'ai défait les liens. Ils avaient l'habitude depuis la naissance, depuis qu'on les avait mis là un jour où leur mère n'en pouvait plus. Ils se sentaient mal à l'aise, se méfiaient, effrayés par la condition nouvelle, hagards, le regard vague paralysé. Ils avaient peur. L'enfant fou levait la main, regardait ses doigts de plus près, trouvait étrange de posséder une main. Il tournait la tête et découvrait la machine de son corps. L'enfant du silence respirait, poussait un petit cri, essayait un geste. Il se levait de sa chaise. Un petit fou, cinquante petits fous sont nés de mon ventre. Je leur ai donné vie. Leurs poumons s'emplissaient d'air, ils criaient. Ils étaient bien vivants. Joie. J'enfante, materne. Je suis la grande pondeuse universelle.

Ils braillaient, gesticulaient, se déchaînaient. A la fin les cinquante petits fous, les cinquante petits martyrs, les petits crucifiés se sont jetés sur moi. Ils m'arrachaient les cheveux, griffaient mes mains, tentaient de me percer les yeux, ils me giflaient à leur tour, giclaient de partout, déchiraient et mangeaient mes vêtements. Des petits animaux trop longtemps assoiffés. Mais oui ils avaient des dents, ils étaient affamés, je l'ignorais. Ils avaient la rage et l'amour comme nous. Ils étaient autre chose que des petits sacs de chiffons, je ne savais pas...

Ils m'écrasaient, piétinaient, foulaient, fouettaient avec leurs chaises, je criais. Ils me déchiquetaient, un accouchement. Tant pis, j'étais leur première victime, après, il y en eut d'autres. Je leur faisais confiance. Ils ont tué les infirmières, la directrice, les psychologues, les pédiatres, les psychiatres... Allez petits fauves tuez-moi, finissez-moi, tuez-les. Nous sommes coupables, nous méritons. Rendez votre justice, n'attendez pas celle des hommes habillés de noir. On l'a bien cherché, on vous a nargués, insultés, tués. On n'a pas su donner un geste, un mot quand il était temps. Vengez-vous petits opprimés. Vous vengerez mon enfance, vous libérerez toutes les enfances meurtries.

J'avais osé défaire les liens et les chaînes. Après ce scandale, on m'a mise à la porte de l'orphelinat sans me payer un mois de préavis. Ils ont rattaché les petits fous, la vie a continué. L'enfance est toujours bloquée, coincée sur une chaise. L'enfance, c'est des tas d'interdictions. Adulte, on ne s'en console pas, on interdit à son tour, la revanche, la petite compensation. Victime ou bourreau, pas d'autre solution.

Moi, j'ai pris un enfant mongolien définitivement rejeté du monde des vivants. J'ai volé l'enfant qu'on disait irrécupérable, l'enfant de l'absence.

Il ne connaissait qu'un mot, quelque chose comme TALEURE. Quand il avait appris à parler, à crier, quand il avait demandé à ses gardes, on lui répondait inévitablement : « Tout à l'heure. » Il attendait depuis cinq ans, moi vingt. On pouvait s'entendre.

On s'est sauvé en auto-stop dans un camion plein de choux-fleurs bretons. On a mangé les choux-fleurs crus pendant le voyage. C'était bon, ça ressemblait aux bégonias... Puis on est arrivé à Rungis, le camion vide. On avait tout englouti sans s'en rendre compte. On avait envie de vomir. On a bu du vin avec le chauffeur dans un bar blanc. Ensuite, on est allé voir la mer.

L'enfant regardait l'océan sans étonnement, il le trouvait à peine plus grand que la flaque d'eau dans la cour de l'orphelinat. Ce petit qui n'était jamais sorti me demandait pourquoi on avait versé de l'*Omo* dans l'eau. « C'est pour faire la lessive, questionnait-il inquiet, on va laver le monde, tu crois... » On prenait l'écume dans les mains, on la jetait en l'air, on faisait des bulles dans lesquelles on se cachait. On s'envolait, on survolait le monde en ballon. On connaissait tous les secrets de la terre. On

11

n'a rien révélé aux autres. Ils nous ont pourtant proposé mille dollars.

J'apprivoisais l'enfant tout doucement. Il ramassait des galets roses. Il me décorait le corps. C'était un jeu sans fin, il découvrait toujours un nouveau caillou, un plus grand, plus beau, des pierres blondes qu'il ramassait comme un trésor. Il m'apprenait à voir. Une sculpture noire avec deux rondeurs, des seins de femme, Vénus ancienne. « C'est toi, disait-il, elle te ressemble... » Je l'embrassais. Il se jetait contre moi. Il s'endormait. Il bavait sur mon pull. Moi je pleurais. Mes larmes se confondaient à son fin filet de salive. Je devenais sa mère. Je ne savais plus qui avait besoin de l'autre. Prisonnière de mes sentiments, j'avais mal. C'était doux d'offrir l'amour. Mon ventre s'est ouvert grand. L'enfant est sorti, puis entré à nouveau. La matrice avale l'enfant que je n'ai pas fait, engloutisseuse. Je marcherai le ventre rempli toute ma vie. Femme enceinte dans la lumière entre la terre et la mer.

Je t'embrassais, baisais, je bavais, je te léchais, je crachais sur toi. Que tu étais beau couvert de ma bave.. Je t'aimais, glaviot, glaire, fœtus dans l'eau. Je te faisais une planète aqueuse comme mon ventre. Les eaux de la naissance. La première fois, ils t'ont fait mal naître. Cette fois, c'était la bonne. Tu étais heureux, enfant, merveille, enfant de mon corps. Ton beau visage idiot, le sourire de ta lèvre inférieure séparée des dents. Je glissais un doigt entre la gencive et l'intérieur de la lèvre. Tu aimais, tu mordillais, gazouillais. Notre signe d'amitié, complice.

Après on a visité les aéroports. On en raffolait, les Anglais surtout, le sucre était à discrétion sur les

12

tables du snack-bar. On aimait voler des cubes de sucre. Ça nous réchauffait, la terre si froide.

J'inventais de nouveaux jeux pour l'éblouir.

« Regarde le monsieur là-bas avec son estomac et son cigare, il est à nous. On peut le tuer si tu veux, si ça t'amuse. Sa vie, il nous la doit. On peut le transformer en torche en lui faisant avaler son cigare. »

On était des violents. Les avions étaient à nous. Ils nous devaient leurs ailes, ils nous devaient la vie. Le monde était à nous, le monde nous appartenait.

On allait vers des horizons propres, à Vancouver. On regardait les cartes de géographie. On choisissait sur un dessin du monde l'endroit où se reflétait le néon de la salle d'attente, une tache dorée. Notre monde à nous deux. On allait là.

Je t'offrais ce monde entier que j'ai inventé pour toi. Avant le monde était sec, minéral, sans âme. Je l'ai fait grouillant de gens et de lumières exprès pour toi.

On dirigeait avec nos pistolets à eau. Les autres, ils croyaient que c'étaient de vrais pistolets, ils ne connaissaient que la frousse, la lâcheté. L'enfant triste riait pour la première fois en manipulant nos armes.

La dame idiote avec son chignon et sa valise bleue qui courait dans l'aéroport, on la laissait en vie encore quelques jours..., mais si elle se trouvait une autre fois sur notre passage... Le flic là-bas et les autres hommes en uniforme, on pouvait les tuer aussi... On baissait la tête, on faisait semblant, la police nous recherchait.

Des petites lumières clignotaient pour indiquer des noms de pays qu'on ne visitait pas. Ce n'était pas très important d'ailleurs, on savait d'avance. Tous les pays se ressemblaient avec les mêmes têtes et les mêmes tasses à café blanches. On s'en moquait pas mal. On n'aimait pas regarder les villes colorées, on préférait être contemplés par des paysages blancs : une femme et un enfant. On ne bougeait plus. On ne parlait pas. On était tableau. On se glissait dans un cadre en bois doré. On souriait. On était la Renaissance.

L'important c'était d'attendre l'avion pour le pays de nulle part, l'important c'était d'être là et de simuler. On avait assez d'imagination. On faisait le tour de notre tête à la place du tour de la terre.

Il y avait des chiffres aussi, des tas de pendules. On ne savait pas lire l'heure. Ils ne nous avaient pas appris, un oubli. On ne voulait pas de leur convention. On préférait regarder le ciel, le soleil, la lune. Pour nous, il y avait le jour et la nuit, le jour pour dormir ou se promener la nuit pour cambrioler les banques et les marchands de jouets. On était des hors-la-loi hors du temps.

Les autres, ils ont jugé, classé les mots et les couleurs. Ils leur ont donné un contenu, un sens, une forme. Tout était devenu fade. On ne voulait pas. Ils ont décidé à la hâte, sans réfléchir. Six jours plus un pour faire le monde, c'est un peu rapide... Nous on avait toute la vie pour faire la vie.

Sans bien regarder, ils ont fait les lois, la loi de l'homme. Ils ne se sont pas toujours mis d'accord. Seulement il y a la politique, il fallait faire des compromis. Ils se battaient, ils se réconciliaient. On ne voulait pas de leurs livres-mensonges. On écrira notre livre, nous, quand on aura trouvé un système différent, un autre système que les mots. Mais on n'a que ça, leurs mots. On ne fera pas de romans, car on ne veut pas finir en exemple de grammaire dans un livre d'école. Ils sont tous transformés, les écrivains, en subjonctif figé, en complément circonstanciel de temps artefact, en verbe transitif glacé, en passé simple trop compliqué, en complément d'objet direct tombé raide mort d'ennui. Nous on a cherché le langage du corps.

Ils avaient en plus de l'imagination et des mers bleues. Nous on voulait la triste réalité, c'était beaucoup plus amusant. On voulait des plages pleines de galets coupants, des boulettes de goudron salissantes comme des crottes de chèvres. On faisait des montagnes. On préférait la souffrance à l'imagination. On aimait être triste, on aimait pleurer. On était des enfants, des nouveau-nés. On avait besoin de rejeter des larmes, devenir eau, uriner. On pleurait devant la glace et on se trouvait beau.

L'enfant et moi sur la plage, l'enfant dormait sur moi. Moi et l'enfant dans l'eau. Je coupais l'eau en deux, d'un côté la mer, l'autre pour le ciel. On glissait sur les rochers, il pleuvait. On a eu cette chance de passer à travers les gouttes d'eau, le filet des mots et des idées, les mailles et les phrases, les tricots qui grattent à la peau et les imperméables, la transpiration et l'écriture. Un miracle ou une erreur, nous n'avons pas connu le désir, l'envie, la culpabilité, le repentir. Nous étions tout neufs dans un monde très vieux, l'inconscient blanc comme les rêves d'un fœtus.

L'enfant trouvait la neige sur la mer et la crème glacée moins froide que les joues des dames qui l'avaient embrassé. Rien ne l'étonnait. Il fallait se venger, il fallait réparer cette injustice. Les enfants aux enfances heureuses étaient gênants. Je revendiquais le droit de rire pour l'enfant, je lui accordais tous les droits.

Nous devenions révolutionnaires, maquisards, bandits, criminels. L'enfant aux paupières couleur de lune trouvait les mots jolis, il souriait. On passait à l'attaque. On semait la terreur dans les jardins pleins d'enfants polis, sucrés. On torturait les petits êtres à enfance caramélisée. On coulait les voiliers du bassin du Luxembourg : Trafalgar. On arrachait les queues des chevaux hygiéniques au jardin des Tuileries et puis on faisait pipi dessus. On déroutait les cerfs-volants et les petits avions mécaniques : opération de commando. On tuait les rangées de soldats en plastique : la Guerre. Perché sur les escaliers de secours, on crachait sur les chats rôdant dans les poubelles : raid de l'aviation. Dans notre quartier, les vieilles dames à chapeau adoraient les chats, on crachait aussi sur leurs chapeaux. On enlevait, violait les poupées blondes. Pour retrouver leurs bébés chéris les petites filles déposaient leur goûter de quatre heures dans les buissons : rançon. On riait, on mangeait sauvagement vingt-cinq tablettes de chocolat aux noisettes. On dévalisait les boutiques en bois vert qui vendent des réglisses en rouleau et des ballons. On avait des moustaches de Mexicain. On faisait peur. Les autres commençaient à nous respecter.

Nous étions au jardin du Champ-de-Mars. L'enfant évitait les trous de sable bruyants, les seaux et les pelles en plastique orange, les bicyclettes et les patins à roulettes. Il n'aimait pas la compagnie des autres enfants. Il préférait le grand bassin entouré de chaises vertes et de décolletés de femme. Il rêvait devant les mamelles rosées. Il méditait... coupées au centre par un repli où s'accumulent les gouttes de sueur... Il s'essuyait le front, songeur.

Il n'avait pas confiance en moi, il tournait la tête, moitié honteux. Elles lui avaient appris les autres ces sales bonnes femmes de l'orphelinat à ne pas regarder les seins. Moi, j'allais les déshabiller. Je lui offrais des seins, des tas, des ronds, des en forme de poire, sucrés, juteux, des mous au centre violet, des empesés, des pointus, des mamelles rouges gonflées comme des fraises, d'autres, des petits cigares bruns. Il pouvait sucer, triturer, malaxer... Voilà... Le grain de mon sein devenait dur sous sa main. Il serrait encore plus fort et il éclatait de rire. Je humais ses cuisses, je fourrais mon nez dans sa culotte, je sentais partout. Petit garçon, nos corps étaient des fêtes.

L'enfant était plongé dans son livre d'images. Des vieilles dames passaient et complimentaient : qu'il est sage, qu'il est studieux, si calme, voyez les autres garnements... L'enfant a relevé son pauvre visage : yeux vides, bouche baveuse, nez écrasé, crâne vide. Son rire illuminé d'idiot. Les vieilles dames ont fui, jambes de vingt ans et cris de mouettes, jardin vide. Fuyez, mais fuyez donc... Enfin le monde nous appartenait.

Les vieilles dames étaient trop vieilles, elles détournaient les yeux pudiquement, marchaient à petits pas vers leur tombe avec des images d'enfants beaux et blonds. On ne leur en voulait même plus, on avait l'habitude, on était tendresse, indulgence, nous... Allez, allez en paix vers vos certitudes, vos mensonges, vos mots hypocrites... Pardon, on vous a dérangées, notre faute, on était de trop. Enfant, ton visage, je l'ai remis contre le mien, nous avons rêvé. Mon petit mongolien, enfant énigmatique, mystère, qu'est-ce qu'ils en savent les autres de tes chimères? Moi je cherchais, je ne savais pas... Pourtant il y avait quelque chose. Un mot pas encore inventé quand je te pressais contre moi.

Au zoo de Vincennes, il regardait les singes en riant.

« Je les veux, je les veux pour moi tout seul », disait l'enfant aux boucles noires.

On enlevait le gardien stupide qui nous interdisait d'escalader les rochers pour retrouver les singes. Partout ils avaient affiché leurs mots laids : interdit de... défense de... prière de... Ils n'avaient que ça dans la bouche à la place des dents, de la langue ou du sourire. Nous on délivrait 765 singes prisonniers des hommes.

L'enfant assis sur mes genoux regardait son album coloré. Il rouspétait, il voulait tourner la page, le gardien des animaux avec sa casquette l'énervait.

« Les animaux sont tristes, disait l'enfant, ils les espionnent, ils les empêchent de vivre. Ils ont dessiné un bonhomme encore pour surveiller. »

Il découpait maladroitement les chimpanzés avec des ciseaux à bouts ronds. Il les étalait sur la pelouse, il leur rendait la liberté. On était mal enfermé dans le livre...

« Apprends-moi à compter, me demandait-il, il y en a combien?

— C'est trop triste, trop laid de savoir compter. Les gens comptent toute la journée Les gens passent leur vie à compter, ils comptent tout. Les enfants aussi comptent. Je t'assure que c'est inutile. Ça fait mal de savoir compter. Moi j'ai appris à oublier. Ça faisait trop mal. C'était du ventre mon mal, là... Je ne sais plus.

— On va vivre pour de vrai, réclamait l'enfant, je ne veux plus faire semblant, je veux de vrais singes. »

L'enfant courait et attrapait les chimpanzés qui prenaient d'assaut la tour Eiffel et envahissaient la ville. Moi je devenais une affreuse mère tyrannique castratrice. Je courais après l'enfant. Je voulais lui donner des tranches de foie de veau et des vitamines. Je songeais déjà à l'envoyer chez le dentiste. Pour vivre le rêve encore un peu je criais : il y aura un soleil rouge dans le ciel ce soir, mais ne touche pas les pommes chez le fruitier. On attrapera le soleil dans nos mains, ce soir... Ça ne se fait pas, ne touche pas, reviens, viens ici, ce n'est pas poli, ne cours pas, tu vas tomber, attention aux voitures... Il y aura un soleil rouge ce soir... Il y aura un soleil vert cette nuit. Reviens... il y aura un soleil violet... bleu... Il y aura le soleil...

J'ai même voulu lui apprendre l'alphabet.

L'enfant fixait ses yeux noirs sur le dessin des mots. Il luttait avec une forme écrite sur la plage du livre. Son cou se tendait. Son menton se redressait. Sa mâchoire s'avançait. Ses pupilles scintillaient, revivaient. Sa langue raidissait. Le mot se dérobait et résistait. L'enfant s'appliquait, ouvrait la bouche, épelait, souffrait. Ses yeux se fermaient. Ses mains tremblaient. Le mot fuyait. Tout le corps de l'enfant

peinait, s'acharnait, combattait. Lire, ça vient de
si loin. Le mot refusait, s'essoufflait un peu et
s'étouffait. Ce n'était qu'une syllabe rauque qui
grattait. L'enfant se révoltait contre le signe. Le
mot jaillissait enfin, explosait, le mot hurlait. L'enfant criait victoire : maman, maman, j'ai trouvé,
maman, je sais, c'est...

SO LI TU DE

« C'est qui? Ça ne se voit pas? Ça ne s'entend
pas hein? Est-ce que ça se prend dans la main?
Ou bien ça sent? Non je sais, ça se mange puis ça
se rejette comme le caca. Je sais... non... Alors,
ce n'est rien si on ne la mange pas... »

Et j'ai couru et j'ai fui et j'ai abandonné l'enfant
aimé. L'enfant qui savait lire. La foule m'a poursuivie. Elle me traitait de folle, de pédophile les
cadres supérieurs, de vieille dame vicieuse les gens
bien, de salope les mères de famille, de sadique
les gens distingués.

« Mort, mort à la criminelle. Mort, mort, elle a
détourné un mineur. Mort, mort, elle a enlevé un
enfant, la peine de mort. Un pauvre enfant sans
famille arriéré, elle en a abusé, elle est sans scru-
pule cette femme. Mort, mort, la peine de mort,
l'échafaud, ce qu'elle mérite, la potence. On n'est
pas assez sévère de nos jours, on les gracie trop
souvent. Y a plus de moralité. Justice, on demande la justice de nos juges. Arrêtez-la, qu'on
l'arrête, ne la laissez pas s'échapper. Mort, mort... »

Enfant à la peau verte tu avais quatre ans, moi
vingt. Il fallait des tas de papiers, de la paperasse,

des certificats, plein d'actes des tribunaux pour avoir la permission de vivre ensemble. Tu le savais, tu le savais si bien, tu t'en allais, petit bonhomme que j'aimais, entre deux gendarmes, vers ton orphelinat, vers ta chaise, tu t'en allais vers la vacherie, la cruauté, l'indifférence, la haine.

Je pleure. Je promets de te retrouver ailleurs, sur la lune ou une planète pas encore explorée. Nous nous inventerons des ailes, des échelles, des moutons blancs, des montagnes de chewing-gum. Je sauterai le mur de l'orphelinat pour t'embrasser le soir comme avant. Aujourd'hui, il ne reste que notre histoire, des mots, leurs mots. Rien.

Et j'ai couru. Ils me persécutaient. Moi criminelle. Je fuyais. Ils me surveillaient. J'évitais les chemins faciles, les grandes avenues encombrées de voitures. Je tournais en rond. Ils avaient cerné le quartier. Ils me lançaient pierres et injures. Pour leur échapper, je prenais le bus. C'était atroce. J'enfilais mon ticket dans la machine. Le bruit horrible. La défloreuse aspirait mon souffle, l'enfant que j'ai porté. Plus loin, il y avait deux horloges, ce n'était pas vivable de vivre avec l'heure en face, il faudra penser à détruire les pendules. A droite, une chapelle pleine de chaises vides, c'était monstrueux de ne plus croire en Dieu. Je prenais l'ascenseur automatique. Inquiétant. Je courais dans les couloirs blancs. Angoisse. Il y avait trop de portes. On interdisait d'entrer. J'ouvrais trente portes. Partout c'était des hommes-machines en combinaison plastique blanche. Très rapides, ils se passaient les malades sur une table à comptoir roulant. Où se trouve le bureau 308 avec le Psychiatre 45 s'il vous plaît?

J'avais mal, affreusement mal à l'enfant qu'ils m'avaient enlevé. Je souffrais du trou laissé béant. Ils m'avaient tout volé sauf l'émotion pour ce qui frémit. Jamais, ils ne pourront me rendre indifférente.

On glissait sur des tapis. On posait des questions aux malades. On répondait par un signe de tête. Les machines clignotaient, crépitaient, grésillaient, enregistraient. On avait tourné longtemps. On avait voyagé. On avait quitté le circuit identifié sur carte perforée. On n'avait plus de désir ou des tas de désirs pour les choses. On n'avait plus d'envie pour les êtres. On était libéré. On sortait de la salle de soins. Il n'y avait pas de boulevard, de rue, d'avenue. Interdit de marcher. On descendait directement dans un sous-sol plein de voitures. On se retrouvait dans une gare. On rampait jusqu'aux machines. Il ne nous restait que quatre petits appendices minables à la place des jambes et des ailes. On était des gens dans le nouveau monde.

Parce que sa voix est un peu plus humaine du fond de ses vêtements protecteurs de psychiatre, nous prenons le même ascenseur jusqu'au quinzième sous-sol. On se faufile, on passe entre, en dessous, par-dessus, par-dessous les voitures. On dérape, on frôle des roues impatientes. On a peur des lumières bleues, des phares rouges, des freins d'acier, des carcasses dorées, des flèches vertes, tout ce qui peut tuer. Nous sommes honteuses et complices l'une près de l'autre, silencieuses.

Nos odeurs plus fortes que celles des essences, on s'enivre de nous. Cette tache d'huile, deux corps couchés orange et bleutés, luisants irisés dans l'huile, deux paonnes. J'ai l'impression de sortir de ton ventre. J'enfonce deux doigts tachés dedans. J'extirpe l'amour du fond, une main brillante, un enfant. Moi.

Reposant sur toi collée à toi notre blessure unique se referme, cicatrice s'apaise. Allongée, horizontale, je me sens verticale, suspendue, je pourrais presque voler. Nous ne sommes pas très belles c'est vrai, ni parfaites. Nous sommes enfin délivrées de nos vêtements et très pudiques. Tes seins se sont affaissés, ils ont nourri l'enfant. Je les caresse. Les plis de ton ventre ont porté la vie, ils en gardent l'émotion.

Les veines, le duvet dessinent tes cuisses. Nous sommes vivantes, maternité triomphante. Tu n'as rien d'une dame des photos ou d'une poupée en plastique quand tu t'es mise à nu. C'est pour ça que je t'aime. Les défauts de ton corps, je les découvre, aime, honore. Je les souligne d'un trait de main, je les préserve.

— Je veux, je veux mon corps réel... Je veux, je, je, moi, moi, moi...

Le plaisir me fait exigeante, égoïste. Je te saisis par les cheveux. Je t'empoigne, presse tes oreilles, secoue ta nuque, guide tes lèvres. Je te bouscule. Je veux que tu t'énerves un peu. Tu es encore perdue dans la tendresse, quand je t'espère efficace.

— Mais bouge, bouge... Blesse-moi... Je veux, je veux, je veux... Femelle, femme, femelle... J'aime...

Après nous irons à la chapelle construite dans les parkings sous l'hôpital. Nous irons voir l'homme. Il est couché sur la croix. Il est tout nu. Il saigne, il souffre comme les malades. Nous rirons, nous le mépriserons. Nous nous masturberons sous son nez... Il voudrait bien descendre de son ciel, rejoindre notre fête, participer... Il tourne la tête. Tentation. Il a honte. Et puis, son papa lui a dit que ce n'est pas poli.

— Laisse tomber, il est trop moche, il ressemble à tous les autres.

Quand je t'aurai séduite, pervertie, possédée par un seul geste de main, quand nous aurons communié à notre autel, quand nous serons agitées, dépossédées, la croix tombera sur nos orgies pour calmer notre angoisse, mettre fin à la folie.

Le Christ condamné à regarder le carrelage, le Christ prostré, méditant sur la couleur et la lumière de la dalle linoléum, schizoïde parfait.

Je te préfère à l'Homme parce que tu es mon double. Je veux des êtres qui me ressemblent. Ma sœur siamoise, ma symétrie, tu es mon impudeur. L'être opposé m'angoisse. Je n'ai pas besoin des mains des hommes, des sexes des hommes, mais de tes yeux et de ma nudité. Mon corps qui se déchire à ton regard. Nous, séparées de leur monde à eux, pleins de personnages habillés, nous caressant face à face. Nos lèvres écumeuses. Nous, vivantes dans nos mots, nos chiffons dorés, nos couleurs sourdes, nos formes rondes, nos menstrues à goût fade. Nous nous referons des visages avec des miroirs brisés. Deux folles en mal d'enfants, malades parce que nous ne pourrons jamais nous faire un enfant, refaire l'enfant.

Je ne veux pas m'ouvrir avant d'être usée, cernée, harassée, avant l'aube. Attends demain, quand nous aurons voyagé, quand nous serons ivres, nous nous précipiterons l'une sur l'autre et nous nous déchire-

24

rons. Nous préserverons la jouissance jusqu'au jour de notre mort. Un orgasme si beau, destructeur, violent ravageur, jusqu'à l'absence de sens.

Elle rabat le nylon de sa combinaison sur la fourrure de son ventre. Un éclair traverse le noir, une étincelle sur le tissu. Elle redevient médicale. Elle éponge l'humidité de son sexe. Elle remet ses lunettes. Elle regarde sa montre. Elle se regarde dans un rétroviseur : aucune marque de plaisir. Les pare-brise des voitures renvoient nos visages fatigués. Elle sort un tube de rouge, elle l'étale sur la bouche. Ses gestes sont si lents, arrêtés. Moi, je me peins les paupières en vert. Je traîne dans mon sac des fards et mes mots, je dessine avec mes yeux, décore les seins et les voitures. Nous maquillons nos pensées. Nous nous protégeons. Une pudique indifférence à l'Homme de la croix.

Quand on se quittera ma bouche sera rouge, ses yeux verts ou bien sa bouche verte mes paupières rouges. Des traces partout sur mon corps. Moi j'irai dans la ville. Je veux que ma douleur sale marche dans les rues. Mes cuisses dégoulinantes de salive. Je relèverai ma jupe, je leur montrerai mon deuxième visage et j'ouvrirai les lèvres. Ecarlate.

La Dame Psychiatre était dans son bureau. Elle m'a prise dans ses bras. Une main que je voulais humaine encore un peu a redressé la mèche de cheveux qui barrait mon visage. Cicatrice. Puis anonyme elle m'a fait une piqûre. Je gémissais.

— Je veux un enfant. Il me faut un enfant. Je

veux un enfant. Je suis en mal d'enfant, si mal...
Je suis seule... Un enfant... N'importe lequel un
même anormal complètement idiot. L'enfant imaginaire. Je l'aimerai l'enfant. Je saurai l'aimer.
Qu'on me le rende. Je veux un enfant. Fais-moi un
enfant. Oh! fais l'enfant. Enfant. Fais fais fais...

Le matin revient. Le matin revient toujours. Tu as beau prendre du Largactil de l'Equanil du Nubarène ça revient encore. Tu essaies le Melleril du Nembutal des sedatifs, ça revient toujours. Hypnotiques antispasmodiques. Le matin revient. Le matin toujours. Tu as beau mettre un écran entre la lumière et toi, tirer le rideau, fermer la fenêtre, te retourner dans tes draps, te rouler en boule sous tes couvertures, t'enfoncer au matelas, t'engouffrer dans ton sommeil, te perdre, t'engoncer dans un rêve. Tu t'englues comme une bête derrière tes yeux clos, tu fais ton trou minable, grattes le sommier, refuses le réveil. Le matin est revenu. Il est dix heures midi ou peut-être deux heures, ça n'a pas d'importance c'est le matin. Un matin. Il faut recommencer une journée. Seule.

Chercher ses espadrilles abandonnées au sol, aller jusqu'au coin cuisine, attraper la bouilloire, retrouver la fontaine du palier, revenir à la chambre somnambule, allumer le Butagaz, sortir le grille-pain le sucre le lait le beurre puis laver le bol, nettoyer à la petite cuillère les restes de café ou de sucre, moudre le café, remplir la cafetière, attendre le chuintement de l'eau, verser et boire le café. Une journée commence.

Quand la concierge grille des sardines dans sa loge mal aérée et empeste les escaliers, quand le voisin ivre claque sa porte sur une journée d'usine et retrouve son lit de fer, quand le bourgeois d'en dessous ronronne devant sa télé et son épouse, tu es seule. Tu es une petite solitude. Tu n'es qu'une petite solitude entre des millions de petites solitudes.

Bien sûr il y a les besoins, besoins étouffants, obligations qui occupent. On oublie la solitude, on oublie sa peur en gesticulant pour des petites tâches. On fait des tas de petites choses très importantes : se laver manger déféquer se faire l'amour. Les nécessités masquent la vérité, on est rassuré.

On se lave, des fois comme un enfant ce qui se voit, d'autres fois en profondeur. On prend des purges et des lavements. On se lave le cerveau.

Manger-déféquer c'est remplir-vider son corps continuellement en sachant bien qu'il ne sera jamais ni trop plein ni trop vide toujours un juste milieu, compromis. Faire l'amour c'est pareil, encore une question d'hygiène d'équilibre, le besoin.

La solitude elle est là, elle est revenue. Et la solitude t'envahit, t'assaille à la gorge, t'assomme t'engloutit entière, te submerge. Une chose de sûr ma fille : tu es seule.

Si tu t'arrêtes d'écrire tu sais que tu es seule. Pour le moment tu planes. Surtout surtout il faut écrire vite sans s'entendre, il faut se saouler de mots. Si tu t'écoutes tu trouves tout idiot. Il ne faut pas, il faut parler pour parler. Ne parle jamais pour dire quelque chose. Evite la sincérité, fuis-la même, personne ne t'écouterait. Les mots, les vrais mots sont muets. Ecris avec du vent, écris, écris vite. Des frissons des aperçus n'importe comment. Ecris n'importe quoi, sans regarder, sans t'en rendre compte. Ecris de dedans. Ecris les yeux fermés.

Tu es aussi folle que tes mots. Tu t'excites, pousses des hurlements, griffes le papier. Ou bien tu entres dans notre système ou tu te tueras en essayant d'écrire. Pas d'autre possible.

Ne laisse pas les autres lire tes mots, ils ne voient que des mots. L'important ce sont les blancs, les espaces vides entre les mots et les lignes, la transpiration et le sourire. Nous laissons nos cahiers au soleil et à la pluie, nous habillons nos mots de lumière et d'eau. Des formes magiques. Emerveillées par les dessins, nous lisons nos désirs et l'envie de vivre. Ecris sans crayon sans papier. Ecris à nu ou n'écris pas.

Elle témoigne en ce moment pour ses semblables ses petits frères les malades mentaux, les idiots les arriérés les pas comme les autres, ceux qu'on n'interroge pas.

Petit frère fou la petite sœur folle raconte une histoire folle une histoire pour nous. Les mots écorchés d'une mongolienne, les sons crevés au soleil comme des bulles de savon. La malade répétait sans comprendre ce qu'on lui apprenait, toute la salle d'hôpital riait.

Le délire d'une fille qui pleure enfermée dans sa cellule. Elle ne comprend pas les grandes personnes qui négligent la mort et l'amour. Elle fait semblant de mourir et elle aime sans faire semblant. Les autres ils ne veulent pas la laisser faire l'amour la mort. Les médecins font des rapports. Les infirmières font des piqûres. Les normaux font le normal dehors sans besoin d'elle.

Peut-être quelque part dans un sixième étage derrière une lumière en haut d'un immeuble il y a cette fille qui n'a pas encore visité le monde, jeune fille anachronique démodée. Elle écrit sur un bloc aux feuilles blanches. Après quand elle connaîtra elle subira, elle sera intoxiquée. Elle y restera. D'une chose je suis certaine elle n'écrira plus de la même façon.

Pour le moment la fille fume une cigarette enveloppée dans des draps bleus. Elle mange une orange pour se concentrer. Elle avale la peau acide, impatiente.

Tout déjà est consumé par la société sauf elle miraculée de la solitude. Les murs de la chambre sont recouverts de photos épinglées, des hommes et des femmes à demi nus qui s'embrassent dans la bouche, se soufflent dans les oreilles et le derrière, se mordillent les nez et les sexes. Un relevé d'un compte B.N.P. Une facture du B.H.V. pour une somme de 125 francs. Un avis bleu du percepteur jaunit doucement. Une feuille violette des P. et T. propose un paquet recommandé contre remboursement. Un mandat-carte... Et oh merveille vivante ce décor commun un long avocatier dans son pot de grès devant la fenêtre. Bientôt il défoncera le ciel de la chambre pour retrouver la liberté ou on lui coupera la tête.

La fille têtue dépassée écrit toujours hors des choses et du temps. Elle enferme des mots sur une page comme les arriérés cachent dans leurs poches des bouts de papiers, des allumettes grillées une mouche morte, n'importe quoi, les secrets, leur vision, un monde rassurant.

Qu'est-ce que tu fais ma belle à te laisser ronger par les mots, un cancer, droguée peut-être? J'écris que j'écris me répondras-tu. Je suis logique, je suis « l'Illulogicienne »... Boff, tu ressembles à ces mutilés culs-de-jatte homosexuels, ces fous qui s'accrochent des médailles et des décorations pour survivre sans corps. Tu seras pestiférée ma jolie, mendigote. Sais-tu quand on écrit on est pourchassé, poursuivi. On devient rat, on rampe, on est plus bas que terre. Ecrire c'est une maladie honteuse, vénérienne. Mieux vaut souffrir en silence, se cacher. Un peu de pudeur... Ecrire c'est avouer qu'on se sent mal, on doute, incapable de vivre. Ecrire c'est se donner. Sublimez les mots et vous serez soulagés. Soyez tout petits, mesquins et heureux.

Quand tu ne supporteras plus la solitude tu t'arrêteras de composer le roman d'aligner des phrases, de remplir des feuilles blanches. Idiote tu retrouveras les autres simplement. Tu chercheras le bonheur peut-être. La tranquillité au moins.

Petit tu voulais mourir déjà en avalant les digitales. Tu aimais les longues fleurs violettes jaillissant comme des mains malades des talus bretons. Elles étaient supplication, cri, appel gémi. Ne t'égare pas au pays des littéromanes. Ce n'est que rêve, utopie. Retrouve la Bretagne et les digitales.

Regarde les littéromanes affublés de chapeau melon, ils te haïront sous prétexte que tu ignores les bonnes manières. Regarde à travers le trou de la serrure et apprend : ils écrivent leurs livres à eux, les livres à lire. Regarde les sauterelles écrivaines des années trente qui s'entre-dévorent et passent à côté. Juste bonnes maintenant à se chicaner les Rois du Pétrole... Tu finiras comme ça, avec des mots ridés économiques. Elles prennent les mots avec des pincettes, la peur de manger avec les mains... Elles ont oublié la langue de toutes les femmes la langue d'une fissure, brisure.

Ne vous en faites pas, n'ayez pas peur, elle s'en ira bien sagement discrètement sans se faire remarquer. Elle promet de ne pas déranger les gende-lettres. Et tout compte fait il faut le dire, elle a été déçue par son séjour sur terre. En arrivant elle s'attendait à trouver autre chose. Elle croyait naïvement... Il y a des moments où elle s'est bien amusée, elle le reconnaît. Quand son rire inutile a soulevé son diaphragme et le plafond de sa chambre. Si elle voulait, si, sous les phallus en éruption, les muqueuses tordues les verges malades les vulves révulsées, il y a une petite voix, elle cherche un langage... Regarde les yeux ont des visages autour, tes yeux sont des sexes rouges. Tu as trop pleuré à les attendre... Si elle voulait. L'enfant devait naître dans 177 jours.

J'ai peur ma belle pour la couleur de tes yeux, la courbe de tes seins. J'ai peur ma belle pour tes narines frémissantes, tes lèvres bien dessinées. J'ai peur pour tes cheveux emplis de lumière, tes mains posées sagement sur tes cuisses. J'ai peur ma belle pour le jour qui reviendra, pour l'enfant que tu auras.

Tu caresses la rondeur de ton ventre en pensant :

ce n'est pas seulement une forme humaine, c'est aussi des idées, une intelligence qui se développe. C'est miracle l'enfant, il découvre le langage. Le secret des mots est dans un ventre de femme.

Comment es-tu donc arrivée à créer la pensée, souviens-toi... Couchée sous un homme qui te fouillait mouillait avec une sorte de groin. Il t'a jetée à terre. Il est passé sur ton corps sans te voir. Il t'a sucée, léchée, malaxée. Il t'a défigurée. Il a joué à faire pipi en toi. Ou bien grimpé sur ton dos il te perforait les reins, animal vengeur qui ne portera jamais l'enfant. Non ce n'est pas possible, ce n'est pas comme ça... Alors tu décides de ne plus faire l'amour devant une glace. Ça ne te sauvera guère.

Quand la Dame Psychiatre m'a fait des tests je n'ai rien compris. J'étais indignée révoltée, je me débattais.

— Mais vous m'en voulez, vous exagérez, vous le faites exprès... Vous me proposez des images. Non je n'ai rien à faire avec ces trucs-là. Vous voulez que j'invente alors que j'essaie de retrouver la réalité. C'est si difficile... J'essaie de la retenir... Je veux rester dans la réalité, je veux... Ça s'échappe, s'évade... Je veux... Mais c'est mon problème... Aidez-moi... Je veux... Ça fuit, ça tombe. C'est trop dur de rester dans la vie... Je ne peux plus...

Elle était calme la Dame Psychiatre. Un petit sourire, aimable et sûre, muette. Assise sur un canapé de tissu bleu assez confortable, décor moderne. Le soleil entrait par la fenêtre, frappait en plein visage. Lumière comme artificielle, massacrante. Pourtant c'était un vrai soleil. Lumière d'hiver violente froide. Tout paraissait artificiel dans cette pièce posée rangée. Je cherchais un coin sombre pour me réfugier.

Moi vêtue d'une sorte de sac à pommes de terre.

Je baissais la tête, parlais quelquefois. Cheveux dans les yeux. Gestes lents. Je cherchais des mots et des histoires sous le regard du psychiatre. J'étais bien obligée. J'inventais tout, ma défense.

Elle a répondu que c'était les tests de Rorschach. Elle continuait à me montrer des dessins, des taches noires plutôt, molles et informes puis colorées, rose jaune baveux. Ça ne ressemblait à rien, je refusais.

— Mais regardez bien, vous ne voyez pas un papillon? une sorte de bonhomme, une fleur? Voyons... Fermez les yeux un peu. Imaginez...

Je disais non, je me secouais rebiffais, ébouriffée et obstinée.

— Ce sont des taches, des taches d'encre. Je pourrais en faire aussi comme les enfants, un jeu. Un peu d'encre sur un papier et on plie en deux ou quatre... Ah! vos psychiatres ils n'ont pas inventé la poudre ni le fil à couper le beurre. Ce sont des taches c'est tout. Restons dans la réalité. Je veux, je ne veux voir que la réalité. Aidez-moi... Elle me poursuit, elle m'obsède la réalité... Je veux... Je la retiendrai jusqu'au bout... Je tiendrai...

Puis j'ai fait silence. J'ai refusé de parler. Je ne savais pas parler. C'est de leur faute, ils ne m'avaient pas appris. Ils ne m'ont pas appris à aimer les mots. Pire, ils ne m'ont pas parlé, ils ne m'ont pas acceptée aimée.

Pourtant cette fois il faut que je fasse un effort, il faut absolument que j'essaie. J'improvise.

Dans vos taches d'encre je refuse de voir l'enfance soupçonneuse cachotière, ce serait trop facile. Je ne décris pas l'adolescence prise pillée par les grandes personnes, possible aussi. Ni comment on devient adulte sans recours sans recours sans souvenirs consolateurs doucereux et émouvants. Je ne dis rien. Qu'ils m'obligent je me débattrai. Qu'ils me forcent je pleurerai. Qu'ils me torturent je serai vite lâche, j'avouerai. Je vous assure que je n'ai rien d'héroïque. Je n'ai pas besoin de l'expliquer, ça se voit.

Je me couche aux pieds de la Dame Psychiatre. Le silence c'est bon. On ne bouge pas. Comme sur un coussin. On ne frémit plus. On s'y love avec des sourires de chat.

Je regarde ses jambes. Une fine jarretelle noire frisottante se termine par l'agrafe entre nylon et peau. Deux jarretelles tendues quand elle se relèvera. Plus haut la ceinture élastique doit couvrir le nombril, retenir la rondeur du ventre. Les bas tirés. Le sexe châtain ensoleillé. Au centre vermeil.

Puis je relève la tête. Je la regarde droit dans les yeux. Elle rougit à peine consciente de mon indiscrétion. Ses cuisses se resserrent. Elle croise dignement les genoux en contrariant mon bonheur, ma volupté. Elle me questionne, parle très vite énervée. Elle a cassé mon rêve. Je ne réponds plus. Je continue ma promenade. Mes yeux caressent ses lèvres. Je marche sur son corps à présent, griffe ses hanches, blesse ses seins dénudés par mes mains, écrase son sexe comme une mouche. Le précipice fascinant, déchirure du début des temps, cicatrice. La Dame Psychiatre les jambes écartées a joui pour faire son enfant. Crie maintenant je veux te voir souffrir... Elle se soulève, frémit, rejette une enveloppe blanchâtre, elle la décortique avec les dents. Moi. La fente m'a renvoyée. Je deviens petit tas de sang qui respire, inutile et imbécile. Non je ne veux pas. Je reviens dedans. Je regarde, frôle, touche, enfonce un doigt, sens, tâte, soupèse. La Dame Psychiatre est enceinte. Cet enfant ce n'est pas moi. C'est un autre, tous les autres, eux.

Elle ne m'a pas donné un paysage secret, une halte reposante, un voyage de neuf mois en son ventre. Après une heure de traitement elle m'a renvoyée à l'angoisse, la solitude, ma chambre.

Demain demain... il y aura une séance avec la Dame Psychiatre. Elle tuera l'angoisse. Demain je verrai la jarretelle noire... Pourvu qu'elle ne porte pas des collants ou un panty... non elle ne va pas me faire ça à moi... Demain l'enfant ce sera moi. Je retournerai dedans. Je m'enfoncerai dans son humidité. Je glisserai, flotterai. Je tiendrai la pointe de son sein, presserai la granule violette entre deux doigts. Je me nourrirai à sa bouche... Demain demain...

Un couloir aux multiples portes blanches mystérieusement fermées. Derrière ces portes je sais des solitudes comme les miennes, des silences comme les miens.

J'aime me retrouver dans ce couloir à l'heure où la Dame Psychiatre prend son travail. Je l'aperçois au bout du hall, elle entre dans son bureau.

Aujourd'hui mon amour j'irai vers toi. Je ne te laisserai pas être happée par les infirmières les rapports médicaux les autres malades. J'irai vers toi. Ce couloir immense. Dix heures. J'écoute le bruit de la porte que tu tapes négligemment.

Aujourd'hui mon amour c'est décidé. Je ne resterai pas derrière la porte des cabinets à guetter ton ombre. Je te regarderai bien en face : tu es grande blonde. Tu marches la tête un peu baissée, gênée de ta beauté. Ton manteau de cuir noir se balance autour de tes jambes. Hanches mobiles. Tu es angoissante. Un gouffre. Tes talons hauts martèlent le linoléum. Tes chaussures violettes, un songe de petite fille n'est-ce pas, tu as rêvé aussi? Ton sexe est radieux sous ta robe. Tes seins ronds gonflés. Tu te mordilles la lèvre inférieure. Je n'ai jamais vu de femme si jolie si nue dans ses vêtements. Ton odeur je voudrais la brouter jusqu'à la plaie ouverte. Sentir renifler, m'enfouir en toi, retrouver les bonheurs d'antan. Je te guette dans ce couloir infini. La porte grince. Toi. Je m'empare de l'intérieur de ton corps...

Aujourd'hui mon amour je cours vers toi. J'ai tant de choses à te dire, j'ai trouvé, je sais maintenant. Il faut que je te dise, il faut que je t'explique. Il faut absolument. Il faut que tu m'écoutes.

Quand les savants ont compris que l'amour était nécessaire et même indispensable pour survivre, ils l'on rationalisé structuré. Ils l'ont analysé synthétisé vendu. On le fabrique dans les grandes maisons blanches froides qu'on appelle hôpital psychiatrique comme on construit les voitures et les réfrigérateurs, comme on produit l'électricité, extrait le métal. On provoque l'amour selon les besoins de la société avec des machines. Des machines complexes conduites par des hommes masqués inscrits aux partis politiques.

L'amour c'est l'industrie prospère de notre siècle. Moi je ne veux pas d'une dose d'amour en pilule. Vous trouverez peut-être des médicaments nouveaux, des super super-subnarcoses dans vos laboratoires mais jamais un peu de sympathie pour les autres. La sympathie ça manque tant.

L'immobilisme, le silence me pèsent tant. On croirait que l'asile c'est une maison pour agités. On se trompe. C'est rigide, fixé, réglementé par les médicaments. On répète tous les jours les mêmes gestes. L'inertie recouvre tout d'un voile blanc. On dort même debout, sur sa chaise. On n'existe plus. Ça commence le matin avec le bruit du chariot dans le couloir pour les soins, le petit déjeuner, les soins et encore le dîner et les soins. Jour et nuit enfermée dans cette chambre que je connais par cœur. Le seul décor, c'est le mur derrière les barreaux de la fenêtre. On n'a même pas planté un bout de vert pour évader les yeux.

Tu ne peux pas comprendre. Va dans les chambres, promène-toi dans l'asile, quitte ton bureau un instant. Tu verras, tu découvriras l'autre monde, l'envers, cette routine, notre vie de malade. Il faut la vivre pour comprendre. Fais un effort, aide-moi. Est-ce qu'il n'y a vraiment rien que ce silence, cette solitude écrasante? Ce n'est pas possible... On m'aurait trompée. Ils n'avaient pas le droit... On m'aurait menti pendant toute l'enfance... Il y a quelque chose, c'est sûr, un langage, nous trouverons ensemble. Je ne peux pas être la seule à me sentir désespérée... Je suis certaine que tu peux rejeter les habitudes, si tu veux, toi seule tu peux. Et ces interrogatoires dans ton bureau où je me sens si maladroite, mutilée, droguée par les piqûres. Nous serions mieux allongées sur l'herbe imaginaire de mon lit... Fumer une cigarette, se raconter des idioties, des histoires qui ne tiennent pas debout... Comment on a peur des yeux des chats, comment on tremble le jour du baccalauréat, comment faire des tas de choses sans sortir de la chambre, comment vivre nos utopies.

Vous les médecins, vous préférez enfoncer le fou dans sa folie, lui maintenir la tête sous l'eau. Ne pas le laisser respirer ou tout juste un tout petit peu pour le conserver bien abruti à demi mort à votre disposition. Vous les médecins, vous ne pouvez vous passer de vos fous, vous en avez besoin pour vivre. Vous vous frottez à vos fous, vous vous en nourrissez, vous vous droguez... Le médecin est malade, moi folle, je suis gorgée de sagesse... Peut-être nous sommes toutes deux blessées à la suite d'une guerre de mots. Une question de sens. On avait chacune notre langage, on ne se comprenait pas, on luttait. Je te guérirai, tu me guériras... Il faut reconnaître qu'on s'est trompé. On a eu tort d'inventer la psychanalyse. Je suis obligée de me chercher des complexes comme des poux, d'en inventer toujours un nouveau pour te faire plaisir.

Jetons nos masques et embrassons-nous. Quel bonheur de nous connaître. Tu vois, tu aurais pu vivre en l'an 12 avant Jésus-Christ et moi en 20091 ou bien sur des planètes différentes. Nous avons eu la chance de nous rencontrer, profitons-en. Lui le Dieu, il nous a donné une toute petite chance, une seule fois. Nous n'en aurons jamais d'autres. Oublions tous et embrassons-nous. Nous pouvons essayer... Ouvrons les portes de l'asile et de ma chambre, délivrons-nous. Nous sommes toutes deux prisonnières d'habitudes. Nous libérons les psychiatres pour libérer les fous.

Maintenant nous marcherons dans la neige main dans la main. Le froid fleurira la rondeur de nos seins et de nos genoux. Nous peuplerons de nos nudités les villes de béton. Nous mangerons des cerises et des groseilles. Nous nous émerveillerons de nos corps. Si le bonheur n'est qu'un mot nous essayerons d'en faire autre chose, nous lui donnerons vie.

Regarde, c'est ça le progrès, un mur entre nous plus haut que celui de l'asile. Ce mur, il te définit et te protège, ta carapace. Tu fuis les malades, bêtes étranges. Tu leur parles de loin sans leur tendre la main. Tu as peur d'entrer dans leur peau, de te transformer en folle tu as peur de moi. Avec vigilance tous les matins, tu surveilles le rimmel de tes yeux. Tu n'es pas anormale toujours du bon côté, tu fais « ah » soulagée devant la glace. Mépris.

Je veux que tu sois détraquée ou alors que je devienne psychiatre. Nous serons toutes les deux à délirer. L'important c'est être deux pour faire l'amour ou se taire.

Je suis une femme aussi, une vraie femme. Je peux aimer et souffrir de l'indifférence des autres. Il m'arrive même de réfléchir. Regarde, je relève le sac qui me sert de chemise. Regarde, une femme pareille à toi. La femme toute réelle.

Nous avons chacune notre rôle à tenir. Pourquoi s'inventer des murs et des barrières. On est toujours en train de jouer la comédie. On oublie de vivre. Chaque être est seul perdu. Tu me regardes durement comme doit le faire un médecin respectable. Recul et réserve. Je me jette sur toi, moi la dérangée qui t'aime trop... Arrête la comédie, ce n'est pas la vie, c'est une tragédie.

Je veux la vie, la vie vraie, celle qu'il faut imaginer. Tout oublier et recommencer en évitant les erreurs du passé. Si nous nous trompons encore eh bien tant pis... Nous recommencerons une autre fois. Nous referons un autre livre.

Je ne sais qu'une chose. Ceux qui ont parlé à ma place ont menti. Ceux qui ont organisé ma vie m'ont enlevé la liberté. Ils me rejetaient, ils me traitaient d'inhumaine quand j'étais trop humaine, je pleurais.

Maintenant je fais la vie, maintenant je parle... Nous tuerons l'indifférence. Nous inventerons un truc étrange qu'ils appellent bêtement sentiment. Des mots, des mots, des mots, bien sûr. Nous ne pourrions pas trouver autre chose, des mots toujours... Un sentiment, ça ressemble à l'enfance, ça tient chaud au ventre. On en a parfois honte, on rougit, on se croit mal fait, on le rejette violemment, on remet son masque.

Je te ferai croire n'importe quoi. Il y aura cinq printemps chaque année. Nous danserons nues les hanches ceintes de pénis en carton. Nous retrouverons l'innocence. Nous serons péripatéticiennes. Nous offrirons nos corps nus au coin des bois. La réalité n'existe pas, nous saurons l'inventer. Nous vérifierons l'existence de l'irréel. Nous imaginerons l'inimaginable. Nous réinventerons le langage. Nous changerons alors que nous n'en avons pas envie au fond de nous. Nous bousculerons alors que nous préférerons la tranquillité de l'hôpital psychiatrique. Nous allons devenir inquiètes. C'est le jour de dire pourquoi. Nous avions peur du changement, nous allons oser ensemble. Nous serons la petite goutte de plus, celle qui fait déborder le verre, l'asile, celle qui rompra les digues du silence. Nous emploierons les mots pour tout, nous détruirons tout avec les mots. Les voitures ne se détruiront plus entre elles, les maisons ne brûleront plus avec des allumettes. Nous briserons les voitures avec les mots, les asiles avec les mots. Les mots peuvent tout, des mots vivants.

Nous rêverons beaucoup pour comprendre un tout petit peu la réalité. Nous nous saoulerons de nos images. Nous descendrons à l'hôtel de Voyageurs face à la gare. Nous rencontrerons des tas de gens aux yeux paumés, nous les aimerons. Nous boirons un grand bol de café devant la table couverte d'une toile cirée rouge. La chambre décorée de papiers à fleurs, le lit trop haut recouvert d'un édredon bordeaux, le calendrier avec le mot Cinzano, la lumière morne au bout du fil. De notre chambre affreuse nous verrons la beauté. Nous entendrons le bruit des trains. Ou bien nous louerons une chambre à Paris et nous vivrons de mots. Nous rédigerons notre manifeste. Nous inventerons la parole. Nous entretiendrons le désordre. Nous cultiverons le délire. Nous mordrons les testicules de ton mari et nous les recracherons, des fruits pourris. Nous l'empoisonnerons. Nous nous échapperons de la prison des hommes. Nous ne serons plus martyrisées. Nous serons femmes à vulve volcanique. Nous nous ouvrirons comme terre trop chaude et délivrerons l'enfant.

Nous ne ferons pas les trucs sales des adultes, des gens qui passent leur vie au lit. Ils sont au lit même debout, ils n'ont même plus besoin de lit... Nous attendrons la mort sans nous salir. Nous ne ferons pas l'amour mais des mots d'amour. Nous divaguerons et nous referons l'enfance sucrée. L'enfance ce n'est pas très amusant mais l'âge adulte, c'est pire. Nous refuserons de grandir. Nous ne respecterons plus les adultes s'ils insistent. Nous serons douces et compréhensibles pour les autres redevenus enfants. Nous serons folles, douces. Etre fou, c'est préserver l'enfance, c'est vivre l'imaginaire. Ma chérie, ma belle, nous irons au bois. Les mots existent déjà, ils se gonflent de tendresse. Nous vivrons au bord de l'étang. Nous savons bien que l'étang est noir avec quelques têtards à demi asphyxiés qui ne grandiront jamais. Il n'y a que les naïfs et les commerçants pour peindre les étangs en bleu des poissons rouges dedans. Nous habiterons une cabane en branchages. Puisque tu aimes tant ta machine à laver, nous la mettrons en garniture dans la cabane. Les gens des villes mettent des fleurs des champs sur la cheminée de marbre. J'accepte, je fais une seule concession, ta machine à laver... une concession c'est trop, c'est déjà abandonner... Nous nous arrangerons pour avoir toujours le soleil dans le dos. Derrière un buisson tu pondras tes œufs et moi en cachette je viendrai les féconder...

J'ai l'impression de rater quelque chose en restant à l'hôpital. Je ne sais quoi, quelque chose...

Ce soir, nous partons en voyage dans ta riche Volvo de bourgeoise bleue. Je n'aurais plus peur quand tu me conduiras, je te promets. Mais partons, partons... Après si nous réfléchissons, nous resterons là, immobiles, bêtes. Nous n'aurons rien fait avant de mourir. Il est temps encore. Il est l'heure pour nous deux. Allons viens... Ne retourne pas chez ton dégoûtant de mari, médecin comme toi, ne retrouve pas l'enfant qu'il t'a fait sans te demander la permission. La voiture roulera. Nous jetterons nos vêtements par la portière. Nous arriverons nues et pudiques sur une plage. La voiture dansera sur la falaise. Nous nous approcherons du vide. Nous chanterons très faux. Nous serons dans l'océan ou sur la ville. Qu'importe les pays, les paysages sont en nous. Je ne vais pas décrire les mers et les terres non, qu'ils ferment le livre, qu'ils aillent voir eux-mêmes... L'écriture est dehors, l'écriture ne peut s'enfermer dans une page. Allons viens partons...

Ma tête s'est vengée de la folie que tu lui as imposée. Tais-toi, ne réponds pas, laisse-moi finir, j'ai encore trop de choses à te dire... Je veux bien mourir pour ma vérité toute futile. J'accepte. Ils peuvent bien me tondre ou m'arracher un sein, recommencer les piqûres, je tiendrai. J'ai honte pour Socrate pleurant devant sa tasse de tilleul empoisonné. Platon, Platon mon chéri, c'est qu'on s'entendait bien sexuellement parlant, gémissait-il. Galilée appelant maman quand on a mis la corde à son cou. Jésus-Christ versait une larme en portant sa croix et suppliait : je suis un homme ordinaire, tout ça c'était des histoires, je ne suis pas Dieu. Je suis un peu mythomane, c'est tout. Il ne fallait pas me croire, il ne fallait pas marcher, il ne fallait pas courir après la carotte comme des lapins. Pourtant on s'est bien amusé... Mettez-moi à l'hôpital j'ai droit, j'ai ma sécurité sociale à jour... Pour la rédemption je suis tranquille, il y en aura toujours un autre un plus jeune, un plus inconscient. Un autre recommencera tout. Moi, je suis fatigué, je commence à être vieux, j'ai trente-trois ans...

Oh tu vois bien il faut que nous fassions quelque chose. Avant la psychiatrie, c'était d'enfermer les folles dans des chambres sales et de les obliger au ménage jusqu'à l'épuisement. Quand la cellule était

46

propre le psychiatre renversait un seau d'ordures. On passait son temps à nettoyer les dortoirs qui n'étaient jamais propres. On nous occupait. On était folle avec des balais et des serpillières dans les mains, des sorcières. Nous aurons une maison aux meubles cirés et des fleurs. Nous habiterons l'espace, le temps, sur l'horizon.

J'ai besoin de quelqu'un. J'ai besoin de toi. Une personne c'est tout le monde. Moi j'ai vingt ans, toi quarante, faisons vite, je suis vieille. Il faut que tu meures avant d'avoir une ride ou un cheveu blanc. Je te veux toujours belle. Je te sacrifierai, je te massacrerai. Tu ne seras jamais laide ou usée. Nous jurons de ne pas mourir mais de nous suicider dans une baignoire pleine de mousse bleue avec des poignards japonais... Que fais-tu à payer un appartement en vingt-cinq ans, on n'a plus le temps. Tu t'es laissée prendre à la machine à sous. Quand tu parles, tu ne regardes plus l'autre, tu penses à l'argent. Tu n'as jamais vu un regard. Tu t'es arrêtée aux vêtements. Tes yeux ne montent pas plus haut. Tu es guindée, tu vis cintrée dans ta voiture, retenue par tes chaussures et tes bas.

Dame Psychiatre, tu voulais me faire accepter ta réalité triste, produire consommer, produire consommer encore, produire consommer toujours. Je t'appelais Reine de la Réalité, tu es si bien installée dans ton siècle avec ta jupe longue, tes bottes, ta coiffure, ta voiture, tes idées, tes convictions. Moi je t'offre ma démence, moi je me sens innocente, maladroite et féroce.

Le désir congestionne mes lèvres. Le désir meurtrit ma fente. Ma blessure au ventre devenue Sexe. Un trou... enfin... c'est tout... Plus cette sorte de demi-verge mutilée. Un sexe sans passé malade. Quelque chose qui crie dévore, glorieux et naturel. Mon Dieu, mon Dieu, mon Dieu, je désirais la chasteté et je pense des tas de cochonneries. J'ai une fringale de pureté. Ma bouche est double. Je me colle à toi. Je vois déjà ton sein se réfléchir sur mon sein. Je tremble. La vie brûle comme un astre nouveau. Nous existons.

Laissons les psychiatres à barbichette dans leur tombe. Ne réveillons pas les morts, ils encombrent. C'est si difficile de transformer les vivants. Ils sont heureux les psychiatres au paradis de la psychiatrie. Sigmund a mis un torchon à la taille et lave la vaisselle, il frotte l'assiette avec une éponge en nylon jaune. Abraham l'attrape au vol et l'essuie en riant. Ils chantent, ils dansent un instant devant l'évier. Le doux Jung cueille quelques roses au jardin pour décorer la salle à manger. Mélanie à quatre pattes, les jupes retroussées aux cuisses passe un chiffon dans l'entrée. Marie nettoie les carreaux... La Femme-Folie nonchalamment allongée sur un canapé de style byzantin se réveille, contemple ses seins, inspecte son corps. Concernée par sa seule beauté distante la Femme-Folie laisse les enfants travailler dans la maison de poupées. Elle sort un petit miroir, se regarde et s'asperge de parfum. Puis un peu exaspérée : bientôt midi les enfants c'est prêt? Et puis après les enfants, il faudra se remettre au travail, inventer quelques complexes des déviations sexuelles que sais-je, des névroses, un peu d'imagination Sigmund... allons plus vite...

Tu parles d'exaltation mais je ne te laisse pas le temps de parler. Tu dis aberration, contradiction, mais je ne te laisse pas le temps de placer un mot.

48

Tu cries fureur, furie, en te débattant mais mon hurlement efface tout.

Moi je suis insatisfaite c'est simple non. Je déteste ta sale petite satisfaction. Et pourtant je t'aime telle que tu es avec tes grains de beauté et tes manies douceureuses. On ne peut pas faire autrement, aimer, malgré la sale petite satisfaction que tu transmettras à ta fille qui la transmettra à son tour à sa fille. Il y a dix mille ans qu'elle dure la sale petite satisfaction. Dix mille ans de solitude.

Ce couloir est immortel. J'ai essayé de marcher des années vers toi et les autres. J'ai marché seule dans la vie.

Maintenant, je te tiens ma belle, je vais t'apprendre la vie. J'apprendrai à vivre contre toi. Nous serons deux, boiteuses peut-être mais fières. Je fracasse ma tempe dans tes mains. Je t'embrasse pleine d'espoir. Tu comprends... Je n'ai même pas eu besoin de parler...

— Mais voyons mademoiselle. Mais voyons qu'est-ce qu'il y a? Qu'est-ce qu'il y a de si grave? Mais voyons je vous en prie... Qu'est-ce que vous faites nue dans ce couloir? On n'est pas en séance... Attendez cet après-midi, retenez-vous, voulez-vous retourner dans votre chambre... On va vous faire une piqûre... Je vais vous faire accompagner par une infirmière... Avez-vous pris vos calmants ce matin?

Omission que j'ai faite : la Dame Psychiatre avait les yeux bleus.

2

QUATRE FOIS DEHORS

I

La gare calme et triste. Ce n'est pas l'heure d'af-
fluence mais plutôt une heure entre deux heures.
Un trou. Je suis bouche-trou, indésirable. Je fume
debout fixée à un pilier. Je regarde, rien à voir.
Parfois un train fatigué s'essouffle, s'arrête, des gens
descendent, c'est tout. D'autres sur des bancs. Je
finis par me coincer entre mes deux valises dans
un courant d'air. J'ai peur, non c'est eux. Ils ont
peur de moi. Oui eux, ceux qui me regardent du
coin de l'œil, surveillent et m'espionnent. J'ai honte.
Une envie d'attraper froid, envie d'être malade. Souffrir, gémir, mourir pour payer. Expier ma faute.
Avoir fait l'asile. Impression que c'est écrit sur ma
tête, une sorte de tampon la marque, le fer.
   Les tourniquets avec les livres de poche, cartes
postales magazines, fumée de cigarette. Personne
ne m'attend. Je peux bien finir ma vie, ils se déran-
geront seulement pour enlever des restes, ramasser la
main. Personne ne m'adresse la parole : viens alors

tu viens, te voilà enfin... Les gens ne sont pas pour moi. Ils ne sont pas à moi. J'ai mal. Je croyais qu'il y aurait quelqu'un au moins, un seul peut-être. J'espérais qu'ils seraient heureux de me retrouver, j'espérais que ce serait la fête dehors. Un grand froid. Je voudrais relever le col de mon manteau, je n'en ai pas. Je renoue mon écharpe. Je me referme dans mes cheveux.

On est mal dans la gare. Pourtant des hommes et des femmes viennent là et s'installent pour la journée. Ils rêvent de voyage. Je rêve de retourner dedans, redevenir enfant.

Je tiens debout encore, ça va... Je me suis habituée à la lumière, aux ombres aussi. J'ai retrouvé des yeux, des gestes, une mémoire. J'essaie de faire le tour de la ville, le vieux quartier, les immeubles neufs alignés le long des voies ferrées. Le monde je le traverse comme un désert. Les images ne sont jamais nettes. Ma myopie. Mes cils collés. J'ai la conjonctivite des enfants pauvres.

Un silence assourdissant. Le silence fait trop de bruit dans ma tête. La rue vocifère paisible. Le silence s'est fait lumière. J'ai soif. L'air plein de sirènes striant le ciel bas, des sursauts de porcs égorgés, cris de chats paralysés.

Il m'arrivait d'être réveillée la nuit par des plaintes longues et déchirantes. J'ai vu des chats s'accoupler. Ils pleuraient comme des bébés. J'avais peur. Je descendais au jardin. Somnambule blanc excité, je cherchais mes pantoufles, je m'énervais, courais pieds nus, je me mettais nue, regardais le mâle sur la femelle congelés sur place. Juste une petite plainte. Bouleversée, je me caressais. L'enfant égorgé par sa mère. Ma maman voulait me tuer.

52

Les mains criminelles de ma mère m'ont castrée. Je me débats encore entortillée, étranglée par les dentelles ombilicales. De mes cris liquides ils se sont moqués. Ils ont coupé, mutilé. Ce n'est pas la vie aujourd'hui qui me fait mal mais celle avant la naissance, une cicatrice.

Dans un café je m'assieds et commande un crème. La liberté. J'ai deux lèvres, délicieux. Je mange mes lèvres mouillées. J'avais oublié les express chauds sur les comptoirs, les crèmes sur les tables plastifiées. La ville est jolie avec toutes les machines à faire du café. Juke-box j'écoute, les disques ont changé, je ne les connais pas. Il faudra les apprendre pour ne pas avoir l'air arriéré. Ils oublieront d'où je viens. Mon air naturel désinvolte, je fredonnerai, chanterai tête haute comme eux. Ils ne verront rien.

J'ai dû être enfermée des années. Les filles ont des manteaux longs et des bottes, j'ai froid aux jambes. Je suis restée si longtemps à l'hôpital... Le temps a passé sans moi. Ils ont vécu sans moi, sans besoin de moi.

Quand ils m'ont bouclée je portais une jupe étroite courte serrée aux genoux et des talons aiguilles, je marchais ridicule souffreteuse sur des œufs. Je suis déplacée dans les vieilles loques qu'ils m'ont rendues avec la liberté.

Je marche dans la ville. La ville marche autour de moi. Je tremble. Mon corps a froid. Je suis seule. Deux valises, elles me soutiennent, elles me font aller droit. Je vacille, hésite. La lumière encore, je ne supporte pas. J'ai vécu trop longtemps dans le noir. L'air violent soufflé par un océan derrière moi.

N'est-il pas bizarre qu'une jeune fille marche seule

encadrée de valises, n'a-t-elle pas un frère, un père, un ami? Et puis une jeune fille affolée entre deux valises c'est solitude. Une jeune fille affolante entre deux valises c'est suspect, un drame bientôt le scandale. Il ne faut pas trop s'en mêler. Faire attention et garder ses distances. Ce genre d'histoire finit toujours mal, ça sent mauvais, ça pue déjà... Où va-t-elle cette fille qui a peur de la lumière et du vent, les autres se posent la question. Non ils m'ignorent alors moi je te dis, alors moi je te crie, il faut que tu saches, je sors de l'asile pour retourner à l'asile, il n'y a pas d'autres routes. Je mourrai d'asile comme tous ceux qui ont été enfermés. La mort est là-bas, l'asile nous reprend un jour un autre. Je vis entre l'angoisse d'être dehors et le désir de retourner dedans. Je me balance, saute sur un pied. Je semble heureuse en apparence. Une petite fille. Dehors, dedans, dehors, dedans. Je joue à la marelle. Dehors.

Je marche derrière une coquette dame chapeautée, gantée légèrement fardée comme il est de bon ton dehors, la quarantaine. La dame a eu pitié, ils auront tous pitié de moi. Je pourrais aller jusqu'à leur dire : vous n'auriez pas un franc je sors de l'hôpital, vous n'avez pas une petite pièce, tu peux me dépanner, hé l'ami, je suis fauchée, file-moi une pièce... La pitié, ils aiment, ils raffolent, gloutonnent, dévorent consomment, ils se sentent forts.

Je laisse un mètre de distance entre la dame et moi. Je la suis, petit chien. Je ne me sens pas le droit de marcher à la même hauteur qu'eux. Je ne suis pas encore revenue au pays des vivants. Je suis sur le rebord, entre vie-mort.

— Mais non Madame, c'est très léger je vous en prie ça paraît seulement mais ce n'est pas lourd... Ça va bien je vous suis, c'est tout juste un peu encombrant... Quel froid, quel temps, moins quatre ce matin, c'est bon pour la santé remarquez, on dit que c'est vivifiant pour le teint, ça vous fouette le sang, l'estomac aussi, enfin n'importe quoi on n'a qu'à choisir... Mais non ce n'est pas la peine, ce n'est pas lourd, je vous remercie, ce n'est pas la peine de m'aider... Madame s'il vous plaît, je voudrais réaccorder mes mots à votre parole, j'ai retrouvé votre langage normal n'est-ce pas?

Je parle gentillette à la dame ou plutôt je ne parle pas. C'est l'autre moi qui parle, le moi apparent guéri par eux. Moi, secrète blessure humiliée, je me tais.

J'avais obéi à l'hôpital. Ils étaient contents. Ils avaient dompté la petite écervelée. Rien ne vaut un bon petit traitement, ils guérissent tous avec les manières fortes, ils ne contestent plus... J'allais mieux, je semblais docile, parfaite même. J'avais promis au docteur d'être sage. J'avais embrassé les infirmières. Quatre fois la surveillante, quatre grosses bises bruyantes. J'avais salué les autres malades en promettant d'écrire. Ils avaient organisé une petite cérémonie avec petits-beurre limonade et musique pour fêter mon départ.

Le numéro 18, la cantatrice aux cheveux roux en mèches collées chantait l'opéra. Elle n'a pas d'ovaires, on chuchote, ça la travaille le corps vide. Je regardais, effrayée son corps sans organe caché dans une robe violette pailletée, improvisée avec des bouts de chiffons. Délivrée de ses angoisses, elle chantait, elle était belle. Freud a dit de chanter. Chantons dans Paris. Je chante dehors.

La vierge fertile entrait en scène et récitait une prière. Elle se battait avec la Cantatrice voulant être la seule vedette. La vierge Immaculée Conception les mains retenant son ventre gonflé comme un ballon. Le ballon s'envole, elle court après la matrice sacrée. L'utérus monte au ciel. Tout rentre dans l'ordre. Les Dieux avec les Dieux, les hommes avec les hommes, les fous avec les fous.

Le 26 ne s'était jamais remis de sa guerre. Sans se faire prier il faisait son petit numéro d'insultes et de mots grossiers.

Il déclamait son répertoire très vite avec quelques fausses notes, trémolos et roucoulements, câlineries dans la voix puis grondements exclamations et gestes de main, ses grimaces obscènes et variées. Il reprenait son souffle, léchait ses lèvres, avalait sa salive, regardait l'assistance et saluait. Il revivait quelques scènes de violence. Il se cachait sous la table, hurlait, appelait maman, vociférait, culbutait puis se relevait, frappait les chaises, insultait, courait, se mettait au garde-à-vous, criait encore, tombait raide. On applaudissait. Bravo, bravo, merveilleux, excellent en pleine forme, très réussi... La fête finie, gavé, rassasié de chant biscuits limonade, chacun avait regagné sa solitude.

Je perdais les rires illuminés venus d'ailleurs, les tics, les gestes incontrôlés, les monologues onomatopées, la tendresse quelquefois, la vacherie pour un quart de cigarette, la violence pour un mégot. Je m'étais attachée à eux, je les aime encore mes compagnons de folie.

La jeune fille très maigre, toute bleue, refusait de

manger même un biscuit trempé dans du lait, elle pleurait. On la menaçait de ne jamais la laisser sortir. On aimait les gros, signe de bonne santé mentale. L'un disparaissait sur un brancard vers l'infirmerie, des tuyaux dans la bouche et les bras, des yeux immenses. Un épileptique se roulait à terre. Dans un geste d'homme raisonnable, il cachait son sexe gonflé. On rattrapait de justesse dans les cris et les rires mêlés une fille qui se balançait par-dessus la rampe affirmant qu'elle pouvait voler. Un autre s'excusait publiquement une fois encore. S'il avait arraché une page à son missel, c'est qu'il n'avait rien d'autre pour écrire, il n'en voulait pas personnellement à Dieu... Bientôt, on allait manger, jouer aux cartes un peu et dormir. L'infirmière circulait entre les groupes avec ses piqûres.

On vivait hors du temps, prostré, quinze vingt en rang dans une sorte de couloir, les yeux vides, tous coincés sur des chaises dans une sorte de salle d'attente, on contemplait son absence.

Sauf le grand squelette jaune déambulant, il tournait perdu dans ses pensées, il ne savait pas s'arrêter, s'intéresser, se raconter. Quand les infirmières le lèvent de force il se met en roufe remonté pour la journée. Le soir elles le couchent et l'attachent au lit. Le lendemain, on recommence.

Un compagnon silencieux qu'on appelait le chercheur de papiers le suivait. Y'a plein de vieux papiers, de jolis papiers à ramasser, il va nous en trouver un tout beau aujourd'hui, disait la garde... Ils marchaient. Douze heures de marche, douze heures de lit depuis douze ans ou plus, douze ans de silence.

Et moi qu'est-ce que je fais d'autre, quelque chose de mieux, d'intéressant, je marche. Je marche aussi.

La ville de ténèbres m'aveugle. Des rues toutes pareilles, des rues et des boutiques, des boutiques qui vendent des semblants, des vêtements confort, bonheur et des recettes de psychiatre.

Répertoriée, casée nette comme mon numéro de Sécurité sociale qu'ils m'ont rendu, je marche. Je suis entrée dans la ville, dans l'ordre. Avant j'étais un mot étrange un mot de leur invention, un mot compliqué de maladie, je ne sais plus. Je ne suis pas capable de répéter moi, pauvre folle, je ne sais rien moi, la folle fille sans mémoire trépanée, ma blessure dans les cheveux, amputée de la tête... Quelque chose du genre OOOOO... je ne sais plus. Maintenant, ce n'est plus important je suis dehors, je suis un numéro, une référence. Et puis je risquerais de vous ennuyer, d'abuser de votre patience avec mes histoires de fous. Que diable il y a encore les petits oiseaux, la musique, les enfants blonds, les femmes à poil...

Je m'arrête dans un café. Je ne me lasse pas de boire les cafés de dehors. Tout l'argent gagné à tresser des paniers pendant mon séjour à l'hôpital va s'envoler en liquide chaud réconfortant.

En ce moment, le monde c'est comme ça. En ce moment, le monde c'est moi, une fille guérie aux vêtements refaits, fille guérie à la raison neuve buvant un café-crème. J'ai abandonné ma folie et mes oripeaux démodés. Autour de moi la ville, autour de moi, fille quasi normale, le monde paraît normal. Il y a bien les yeux bizarres, ça se voit à peine, il faut me dévaliser impoliment. Je porte les yeux de l'enfant affamé, yeux châtrés. J'ai tout à réapprendre. Qui veut me prendre la main... Allons un bon geste messieurs-dames, votre pitié..

Je viens du plus bas d'accord, de l'égout je veux bien mais j'ai la fierté de l'égoutier aux bottes crottées. L'ouvrier entrant dans un bistrot et bousculant les fonctionnaires à manchettes. Ils baissent le nez dans leurs assiettes pommes frites poulet, ils continuent leurs conversations amicales, prennent l'air de ceux qui n'ont rien vu... Ils ont besoin de lui le sauveur, l'ange gardien qui maintient les rats à bonne distance, celle qu'ils appellent raison décence.

Le jour de mon départ, ils m'ont remis un certificat qui colle à la peau ma seule référence, ce ticket de sortie, la garantie. Je vais mieux, je sais agir, ils ont décidé.

Ils m'ont donné l'adresse d'une maison de Religieuses. La psychiatrie et la religion font bon ménage contrairement à ce qu'on dit, l'une et l'autre se partagent le monde. Croyants psychanalysés qu'importe, ils sont dans l'ordre prêts à agir quand on appuie sur le bouton. Elles ne font pas de bruits les mécaniques de Dieu et de Freud, on a inventé des silencieux, les médicaments.

Ils m'ont promis un travais simple sans danger dans une usine d'enveloppes. Je ferai des enveloppes. Je plierai des enveloppes pendant quarante ans, tout doux jusqu'à l'âge de la retraite. Vingt plus quarante, soixante. Les enveloppes sont en papier, moi j'ai des allumettes, moi, moi, j'explose déjà.

La maison de Religieuses est en face. Une sorte de couvent avec des hauts murs. Une longue avenue avec des jardins des arbres, des immeubles administratifs autour. Une porte cochère, un judas des peupliers, cela fait penser à un pensionnat. Des petites filles riantes en marine, un vieux confesseur sourd ou manchot, le bruissement de la jupe de la bonne sœur, une odeur de messe. Une horloge chante, il y a même une cloche, une cheminée. La vie commence. Tout ce chemin parcouru dans un asile pour retrouver l'enfance.

Le lourd portail de bois, je vais frapper timide, émue. Deux panneaux. A droite : sortie de garage, défense de stationner. De l'autre côté : bénis Seigneur la main de celui qui dépose son offrande... Sur l'avenue paisible pleine de rage et de haine je fais un grand feu. J'attise, souffle. J'attends. Brûler tout brûler... Détruire tout détruire... Mensonge, mensonge, mensonge. Des flammes montent. Je jette l'enfance qu'ils me refaisaient, le certificat d'asile précisant que je vais mieux, les enveloppes de l'usine, les peupliers du couvent, leur vie, ma vie qu'ils font. Tout brûle. Ma solitude m'émerveille, s'élève en fumée. La purification par le feu. Holocauste. Voilà, voilà, je suis folle, encore complètement folle. Je ne supporte pas la vie. Enfermez-moi, reprenez-moi. Je ne veux pas être récupérée. Acceptez-moi comme folle... Je ne veux pas les lois de la vie. C'est ça dehors, l'argent d'un côté, la voiture de l'autre... Je ne peux pas. Mon chemin c'est la folie. Ma vie c'est dedans la grande maison blanche. On ne peut pas recommencer. Au dernier moment on craque, on brise, on ne peut plus. Reste, reste, ne sors pas de l'asile petit frère, reste dedans. Sa matrice chaude, si tendre, bonne.

En face de moi un bassin. L'eau brille comme le feu. L'eau brûle. Je m'assieds sur un banc, fixe l'eau jusqu'à pleurer. Je ne sais pas être avec les autres. Solitude.

II

Une fille sans nom marche sur l'avenue. Une fille sans visage parcourt la ville. Elle ne sait plus vivre, elle attend qu'ils viennent, qu'ils la reprennent.

Je ne me presse pas, je me balade, passe, viens, retourne, tourne, virevolte. Je me regarde dans les vitrines. Une boulangerie : tartelettes aux pommes, éclairs au chocolat, galettes à la fraise, triangles à l'orange, meringues dorées. J'applique mes lèvres contre la vitre. Je mange des gâteaux. On en revient toujours là : absorber, avaler, s'empiffrer, engouffrer, se gaver, engloutir, dévorer. Les morceaux de verre de la vitrine sont trop froids. Ça reste dans la gorge, se digère mal, ça coupe les cordes vocales, rend muet. Les mots morts.

La glace d'une pharmacie, je me contemple. Un manteau mou posé à même la peau me sert de robe. Mes seins ont enflé sous les mains des hommes. Mes hanches se sont ouvertes ou leurs poids. Je suis laide. L'amour d'un cyclone est passé sur moi, il a laissé une femme moitié démolie. Il aurait mieux valu

61

m'achever. Ils avaient hésité, réfléchi. Il ne fallait pas vous gêner pourtant, un crime presque parfait. Un témoin quand même, j'assiste à ma mort. Un témoin gênant qu'on élimine, moi...

Les cheveux masquent les trois quarts du visage. Les yeux exorbités jaillissent des paupières, globes, boules de verroterie. Pourquoi ne pas me donner des yeux pour être aveugle? Ils m'ont imposé ce regard de daurade, des trous de cochon juste bons à prendre n'importe quel coin de paysage pour tout le paysage du monde. Et pourtant je ferai avec, je me débrouillerai, j'improviserai. Faites-moi confiance un instant, le temps d'écrire...

Je ferai avec mes généralisations hâtives, avec mes idées toutes faites, mes images arbitraires, mes mots de pacotille comme des colliers plastique ou des graines de melon séchées.

Quand j'aurai froid, je serai convaincue que la planète gèle. Ils sont devenus stalagmites transparentes, pétrifiés et figés, ils sont conservés dans les glaces, vivants mais séparés. Ils ne peuvent plus se rapprocher, toucher, saisir, sentir...

Les stalagmites Fille-Mot, on les trouve sur les calendriers des P. et T. en photographie, tu rêves. Il fait chaud. Les chairs grouillent, mes cuisses de chaleur humide... Continuons sans mot.

On va me laisser vivre un peu. Je sais, je ne peux plus lutter. Agoniser comme quand on coince les mouches dans un verre retourné, enferme les hannetons dans les boîtes à chaussures, épingle les papillons chauds sur le mur de la chambre. Ils vont me déguster tous ensemble, je vous invite aussi... Ils me couperont la main. Ils me détacheront la rondelle des seins avec des ciseaux à broder ou bien ils les écraseront. Ils me vendront aux Turcs. Ils me prostitueront, ils me fouetteront, fustigeront. Ils me banderont les yeux et me pénétreront tour à tour. Ils satisferont leurs besoins en moi. Quand je ne pourrai plus me passer de toutes leurs souffrances, quand je serai bien habituée, ils m'abandonneront. Plus cruel, sublime.

Je marche. J'inspire le mépris. On me remarque à peine. On ne me voit pas. On me bouscule, on m'accroche. Je dis pardon, merci, à voix basse. Discrète, timide au gré des remous. Je m'efface brune, neutre, invisible, m'obscurcis blanc, sale, grise, noire. Je tente de raser les murs. Mes yeux crachent des vapeurs sur le monde, une bouche sur le verre. C'est mon sang qui s'en va en fumée. Mon sang s'échauffe et s'évapore. Mes yeux marbrés de rouge. Honteuse, j'entre dans un couloir. Les balais et les cris des concierges me rejettent. Les escaliers cirés, les moquettes à fleurs, les boyaux des immeubles me sont interdits. Je n'irai pas jusqu'en haut. Une maison, une maison même petite, un endroit pour se reposer, un coin pour s'étendre, un lit pour se laisser aller, un trou... Je marche. Les gens se font des signes, pensent que je ne suis pas tout à fait comme eux. Il y a quelque chose, ils ne savent pas exactement quoi. Un soupçon, une impression, ça. Ou alors ils ne pensent rien.

A l'hôpital, la Dame Psychiatre me disait : vous vous aimez trop, c'est votre mal. D'autres fois elle me jetait énervée : aimez-vous un peu plus, voyons, respectez-vous... Allez donc comprendre.

Je bouge, gesticule, je me désarticule. Je suis en carton-pâte. Je vois chaque partie de mon corps détachée, nette, découpée, précise, isolée, séparée des autres : le nez, la bouche, l'œil, l'autre. Je répète : la bouche, le nez, l'œil, l'autre. Les mots n'ont pas de sens. Ils ne représentent plus rien. Des sons seulement. Cri.

Toute partie de mon corps devient importante, autonome. Je peux isoler et sentir en détail les parcelles les plus infimes. Les groupes cellulaires, je les sens. Les cellules, puis les atomes. Je me divise, je m'éparpille. Et puis toujours constante, cette sensation que les cellules ne se renouvellent pas. Quelque chose qui ne va pas avec le métabolisme. Il faut que je fasse attention, il faut que je préserve mes cellules. Je risque de devenir vieille trop tôt.

Le nez, la bouche, un œil, un puzzle. J'examine les morceaux. Il en manque toujours un, pour reconstituer le visage, ils sont mal coupés. Il y a une erreur quelque part, un phénomène de la nature inexplicable. On ne peut les ajuster. C'est un problème compliqué. Insoluble, je tremble. C'est difficile d'être seule devant un monde en morceaux, des restes. Ou le contraire, moi en miettes.

La bouche se détache du visage, énorme. Je frissonne. Peur. Les dents brillent, luisent. Surfaces polies. Je me trouve une tête de chienne folle. Je ressemble à un cheval. Mes dents, oui la denture... un cheval. Je sais bien que je ne me suis pas transformée en jument. J'essaie de m'expliquer l'angoisse, de la renvoyer, de comprendre, savoir-vivre normal. Je me regarde dans la vitrine. Ma bouche a enflé encore, les dents menaçantes emplissent mon visage. Je tente de me raccrocher à la réalité et aux images rassurantes de la société... Souriez Gibbs Colgate Signal protège votre haleine... Les rayures rouges du dentifrice... Ce matin, j'ai entendu la radio heureusement.

Mes yeux envahissent la rue. Les lumières de la ville éclatantes trop blanches. Des formes roides. La rue s'échappe, s'agrandit, perd ses limites. Les murs se dédoublent, se multiplient. Un hexagone. Dix vingt puis d'innombrables facettes. Je suis dans le labyrinthe. Je me perds, je crie. Perdue, hurle.

Bizarre... ils ne construisent plus les maisons comme avant. Un rectangle jaune, un triangle rouge, des spirales de fumée bleue, des trous pour les portes et les fenêtres et puis des fleurs très hautes, des arbres crépus, des oiseaux difformes, un soleil griffu. Je les connaissais comme ça. Etrange... Ils ne font plus les maisons comme mes dessins. Ils sont entrés définitivement dans l'âge adulte.

Les immeubles des grandes personnes se ramollissent, s'effritent, s'écrasent. L'eau monte, dégringole des toits. Les polygones deviennent polype, polyèdre, polystyrène et les mots à eux que je n'arrive pas à prononcer. De temps en temps, ils flambent. C'est beau. Ils se déchargent, se calment, respirent. Ils sont soulagés. J'étouffe, je suffoque. Asphyxie.

Est-ce qu'il reviendra le temps de la réalité? Est-ce qu'il reviendra comme dans l'enfance avant que les grandes personnes et leurs mensonges détruisent le rêve? Ils ne m'entendent pas. Ils n'ont pas de temps pour moi. Seule, je proteste, silencieuse. Ils continuent, l'habitude. Tradition dehors.

Il ne faut pas regarder le monde à travers un miroir. un anamorphoseur ou un regard vicieux. Ma grand-mère me menaçait : si tu continues à te regarder dans la glace, tu finiras par voir le diable, c'est très laid...

Oui c'était laid. Je n'ai vu que ma force molle et sans contours. La mise au point détraquée. Je n'ai vu qu'un rond blanchâtre, fatigué par l'asile, avec des yeux de chouette, vitreux et morts. Comme aux portes des granges. Malheur. Des tisons au milieu. Tête de lune flasque. Des algues en guise de cheveux. Un trou pour la bouche rejetant des bulles d'air. Je suis carpe agonisante, cabillaud amoureux, je ne sais pas très bien... J'ai besoin d'être définie, finie. Je suis une masse, plutôt liquide. J'ai la couleur de qui me prend. Je n'ai pas de seins, pas de rondeurs aux hanches. Je suis un tas effondré, tout sauf une femme.

En tout cas, je n'ai jamais vu de diable, encore moins de Bon Dieu. J'ai vu des fonctionnaires, des curés, des policiers, des médecins ,des infirmiers, des gardiens et des bonshommes encore, toujours déguisés dans la maison-miroir. J'ai cassé toutes les glaces.

Un supermarché en fête plein de couleurs, j'entre. Me frotter un peu plus aux gens, toucher ta peau, sentir tes lèvres rentrer en toi... Entre les rayons et les étalages, je marche, je sens. Il fait bon. Et puis ça me reprend comme avant l'internement, être différente, reconnue, aimée, contrarier l'ordre. Tout le monde achète avec enthousiasme les choses de la ville, moi je vole indifférente. Juste un picotement dans la gorge, frisson dans la colonne vertébrale, ma peau fourmille. Le vol ressemble à l'amour. Peur. Je m'enivre. Je me sens exister. Puis je crains de me faire remarquer. Je prends l'air désinvolte ou digne. Je me retourne, contourne, détourne, guette, prévois une excuse possible. Oh pardon, j'oubliais... mais je vais payer... je tiens à payer.. je vous en prie... Je ne vole que des choses rassurantes, boîtes de haricots familiales, choucroutes maison en conserve. Du whisky et du chocolat fourré, c'est pour névrosé et solitaire.

Le directeur me dira de le suivre dans son bureau, tant pis, enfin j'attends. Quelqu'un m'aura adressé la parole, quelqu'un. Un mot juste un au moins. Les autres me regarderont comme une voleuse.

Je choisis. Je ne choisis pas. La main se pose. C'est la main qui a volé, pas moi. J'ai une main autonome, une extrémité aux tentacules vivants au bout d'un bras mort.

Ma mère n'acceptait pas ma maladie, elle disait aux autres : pas si dingue que ça ma fille quand il s'agit de compter ses sous. C'est comme quand elle vient à la maison toujours le ventre vide, faut la voir se gaver pour une semaine. Ah! vous pouvez le dire, elle n'est pas si folle qu'elle veut le paraître... Faites-moi confiance, elle joue. Moi en tout cas, je n'y crois pas, elle joue.

Je suis triste. Je ris. Mon rire tire et bouscule mon souffle. Mon rire crie rouge. Vagin denté. Gorge dentelée. Je triomphe magnifique. Mon cri déchire ma gorge. Je voudrais bien rejeter ma vie dans un flot de sang. Convulsion. Hémorragie douce. Délivrance. Orgasme de vieille femme seule. Juste un petit crachat même pas net. Une petite toux. Raclement. Rien. Pardon. On toussote poliment. On met la main devant la bouche. On s'excuse. On fuit. Honte.

Actrice et spectatrice de mon théâtre du monde, je lance les pétards, invite et applaudis. J'accuse les autres quand je me brûle. Je n'ai aucun courage et pas d'orgueil. Ils me narguent. Ils disent que je ne suis pas capable de faire un enfant vivant, qu'une marionnette au bout d'une ficelle... Je fais semblant de vivre et puis de mourir. Je ne vis pas et ne meurs pas. Je me regarde vivre et mourir dans le miroir. Mes mots, mes hyménées éparses devant la glace, ma douleur, vous êtes artificiels, vous n'êtes pas vrais, mon reflet, vous êtes en verre. Mes fleurs en papier doré volées dans une église, mes fleurs plastique qui durent toute la mort, mes fleurs en tissus duveteux, piquées dans les chapeaux des vieilles dames solitaires.

On verra bien en tout cas je crie, on verra, il faut que je les prévienne les autres que je suis dehors... Je ris en criant. Je suis Roland à Roncevaux, j'appelle Charlemagne... Charlemagne... Stop.. Vous m'entendez. Charlemagne...

L'enfance ce n'est pas mal finalement ça donne des images, les mêmes images pour tout le monde. Les adultes après c'est égoïste, ils ont des images personnelles incompréhensibles et des masturbations.

Les Arabes... Les Arabes arrêtés à Poitiers... Charles Martel, 732... Ils dépassent Poitiers, montent vers Paris, ils marchent vers moi... Poitiers, c'était dans le livre d'enfant seulement... Ils viennent à moi, ils se jettent sur moi... Ils veulent m'emmener au dépôt puis à l'asile sans demander pourquoi. Préfecture de police. Hygiène mentale. Ils préfèrent les coups, les médicaments et enfin le silence.

Solitude.

III

Les enseignes lumineuses m'appellent de partout. Ça scintille, brille, tremble, bleuit. Ça bouge, clignote, sourit, invite. Vins liqueurs Bar Pharmacie Fleurs Pressing Journaux. Il y a tant de choses merveilleuses dans cette ville. Il suffit de si peu, ouvrir les yeux, écouter. Tout est simple. Se laisser envahir... Les lumières m'aveuglent. J'ai mal. La lumière. Trop d'électricité dans la ville. J'offre à la Fée Electricité ma face usée déjà, rides mélancoliques, commissures des lèvres, sillons de myope autour des yeux, mes cicatrices. Ma peau se dessèche, durcit, racornit, craquèle, grésille, éclate, rougit. Mon visage se déchire, rétrécit, noircit, fume, se consume. Rien. J'ai perdu mon visage sans m'en rendre compte. Je ne peux revenir en arrière et reprendre le regard fœtal.

Dans ma cellule, ils m'avaient maintenu les yeux ouverts avec des étaux, des épingles, des élastiques. J'étais bien obligée de regarder une lampe. Moi suppliante, attachée à une chaise. La lampe clignotait. Un soleil jaune. Un cercle orange. Rose. Blanc. Je transpirais. Un cercle jaune avec le centre bleu. Je suais. Un triangle bleu puis noir. J'avais mal. Un rond violet entouré de jaune. Du vert maintenant. J'avais froid. Ils devaient jouir de ma souffrance. Ils prenaient des notes. Un ovale doré furieux. Les formes se déplaçaient sur le mur. Autour de moi, des milliers de formes colorées. Je criais. Des millions de points bleus gesticulaient, me harcelaient, se moquaient. Ils m'humiliaient. Des petits carrés verts leur livraient bataille intermittents. Je les suppliais d'arrêter la lutte. Des triangles sautillaient en me chicanant. Des rectangles violets montaient en diagonale et mordaient mon visage. Des points tremblaient encore et rongeaient mes pupilles. Une étoile jaune pâle. Cercle rouge fixe. Je devenais aveugle. Je murmurais en bavant. Je coulais, urinais. J'étais eau. Rectangle. Ils voulaient tout savoir. Trou mordoré. Noir. J'allais perdre mes yeux. Je me roulais dans mon caca. Spasme de mort. J'avais avoué. Les complexes avaient été extirpés, les fantasmes mis au grand jour. Mes fantasmes sortis en tourbillons endiablés de ma pauvre tête devant les yeux froids des Esculapes. Ils étaient fiers d'eux. Ils avaient fini par me donner deux cachets d'aspirine pour calmer une légère douleur. Le lendemain, ils recommençaient une séance... Il y avait quelque chose qu'ils voulaient que je dise. Je cherchais ce qu'ils voulaient que je dise. Je sentais que je cherchais mais je ne savais pas ce qu'ils voulaient que je dise... Ce que je croyais qu'ils voulaient que je dise et ce n'était pas non plus ce que je voulais dire moi. Ils auraient dû me dire ce que j'avais à dire. Je me taisais.

Un écran lumineux obsédant. Des images défilaient. Des ouvrières souriantes avec des bonnets beiges travaillaient mécaniquement. On me mettait de force un bonbon dans la bouche. Je suçais automatique, commandée par leurs machines. Puis les images de mon corps nu, étiré sur des coussins rêveur, doucement vautré. Je m'intéressais, regardais éblouie. Moi. Moi. Moi. On m'envoyait une décharge électrique. Je sursautais, hurlais, fermais les yeux. Je ne pouvais m'échapper, on m'avait attachée à la chaise. Les images défilaient sur l'écran : une foule sage attendait le bus sous la pluie, des gens tassés dans le métro, le peuple applaudissant le prince, les grands magasins bondés, des gens qui achetaient. Je recevais et suçais le bonbon. On me rééduquait, ils disaient, on m'apprenait à agir, à bien réagir. Mon estomac rejetait, crachait. Des décharges électriques faisaient suite à des scènes de ma chambre vide, mon lit, mon bloc et mon crayon, ce que j'aime, ma bouche cherchant les autres, ma langue en gros plan, voulant parler, des lèvres tremblantes comme celles d'un poisson. Je ne supportais plus. Je criais de douleur. J'implorais ma mère. Je disais oui, oui. Il fallait s'habituer à regarder sans pleurer mes cahiers déchirés, mes mots brisés. Oui, oui comme vous voulez... Oui... oui... Contents ils se faisaient des signes, ils me croyaient guérie. J'aurai le bon réflexe, j'agirai comme il faut. J'irai travailler. Je n'aimerai plus ce que j'aime. Je n'aimerai plus.

Ils m'ont bien fait souffrir autrement, d'autres tests, d'autres expériences. Je ne comprenais pas. Je n'ai pas tout compris, à quoi ça servait ce qu'ils voulais exactement. Je ne saisissais pas. Je ne connais pas grand-chose en psychiatrie, moi. J'ai lu quelques livres comme tout le monde, j'ai entendu dire comme tout le monde, quelques noms des bribes, des notions vagues. Mais là-bas c'était différent. Plus de théories de conversations distinguées. Ils n'expliquaient rien. Je subissais droguée, absente de mon corps.

Après ils m'ont mise dehors avec leurs bons conseils, après ils m'ont remise dans la ville avec des recettes, des réflexes sûrs. S'ils ne résistent pas à l'épreuve, si j'ai des angoisses, des inquiétudes, des petites tracasseries, je referai une cure à l'asile, je reprendrai une leçon.

Ça pullule, ça s'amoncelle, ça se répand, s'agglomère, s'active. Attendez stop. Traversez. Orange, rouge, orange, vert. Ça va, vient. C'est blanc, démesuré, infini, immense. J'ai peur. Les gens marchent trop vite, les gens ne regardent pas. Les autos ne s'immobilisent plus aux feux, les autos ne regardent pas et traversent les flammes. La rue menaçante, la rue qui tue, noire, abrutir. Il y a trop de mouvements. Bruits odeurs, on m'agresse. Ça grésille, nasille, chatouille. On ne peut pas s'arrêter. Je marche très vite. Je ne me retourne pas. Ça pétarade puis ça explose, expectore, crache, crachine. Moi je souffle comme une vieille, illuminée. Moi je marche encore, sublime voyeuse, sans amitié et complètement fauchée. Je cherche mes gestes, une respiration. Je commande mes sens. Voyons, il faut que... on m'a dit que... Paumée seule.

Je cherche l'enfant, une amitié, tous les enfants tués, petits fœtus abandonnés, l'enfant enlevé, le fœtus mort. Je vole un enfant, celui-là sagement assis dans sa voiture attendant sa maman dans le magasin, avec un chapeau tricoté, un pompon ridicule, un anorak matelassé bleu. Un enfant comme tous les enfants, ni beau, ni laid, un peu rachitique blanchâtre, portant le masque de la ville. Je le regarde, il sourit. Un visage et deux yeux, des lèvres, un nez, des joues, des oreilles. Un enfant. Quel amour, mon amour, mon chéri mignon, trésor... Il sautille, frétille, tend sa petite main. Il m'a reconnue, il cambre les reins, s'élance vers moi. Petit animal amoureux de tendresse émouvant... Il court, se précipite en riant, m'appelle... Il trébuche bêtement... On l'avait attaché à la chaise. Il s'écrase... Je voulais l'emmener au bord de la mer... Je marche dessus, piétine le paquet de sang, indifférente et rieuse. Ils l'ont tué. Ville colorée. La mort, la mort comme eux ils font. Puis je le cache dans ma jupe retroussée. Ils vont m'accuser... Je cours avec un tas mort sur le ventre. Je vais l'enterrer proprement. J'ai un enfant. Un enfant. J'ai un enfant. L'enfant mort.

La femme, la grenouille moitié morte se retrouve toujours là couchée sur le dos, les genoux écartés, les talons coincés à deux tiges de fer. Elle renvoie l'œuf de la mort. Derrière la porte, le papa et la belle famille en costume de dimanche pensent aux petits cartons roses ou bleus qu'il faudra envoyer aux amis, décorés d'un cygne de fleurs d'un chou.

Ils n'annoncent rien quand la jeune fille accouche dans la cuisine quand elle coupe le cordon ombilical avec les dents. Elle enveloppe l'enfant dans du papier journal et le jette au vide-ordures. C'est mou, silencieux, personne ne se réveille... On tue l'enfant qu'on rêve de faire vivre. On laisse en vie les gros messieurs qu'on rêve de tuer parce qu'ils ne veulent pas mourir comme des amants de légende. On trouve des enfants sans mère dans les consignes automatiques des gares sur le quai du métro dans les toilettes des cafés genre Royal Bar café de la Mairie. Je cherche. Les cadavres d'adulte aussi, c'est moins triste.

Je suis née malgré eux dans le XV° arrondissement, une maternité de l'Assistance publique. On rejetait les enfants à la chaîne. On m'a recrachée moi aussi entre deux, ils avaient besoin de gens. Pas faite pour les destins exceptionnels juste la bonne moyenne, ma petite névrose et l'hôpital psychiatrique.

Je ferai ce qu'il faut faire pour qu'ils m'aiment un peu les gens, tous ces gens dehors, les gens nés. Je ferai tout ce qu'il faut faire pour vivre en même temps qu'eux et me réaccorder à leur langage.

A l'âge de seize ans, j'ai éprouvé ce besoin intense, vivre avec eux. J'ai suivi un homme dans la rue, un homme comme tant d'autres, anonyme, le premier, l'unique, l'Homme. Il m'avait dit, demain j'ai la clé de la chambre d'un ami, je te baiserai, ça marche, tu viens...

Baiser, embrasser, faire l'amour, j'avais compris aimer moi. Je ne savais pas que les femmes étaient terrain à défricher, herbe brousse à traverser, pissenlit fleurissant or puis duvet, envol quand l'homme respire sur son corps de femme.

J'ai soufflé sur un pissenlit mourant devenu boule de coton si fragile. Je préparais notre fête demain.

Je disais jouissance. Regarde l'orgasme des fleurs. Je souffle, j'aime.

Ouais fille, tu t'offres la parole, tu vis de mots. Tu n'as que ça après tout, tes mots et tes illusions. Ils te laissent faire, ils ont pitié et puis ils n'ont pas le temps. Une fille dans la rue qui parle toute seule. Tu cours dans les mots comme dans l'écume, tu te rassures. Une jeune chienne gracieuse. Un chat mouillé penaud et minable. Non et non mets-toi ça dans la tête. Il transpirera l'homme, hoquètera, bougera le derrière, se masturbera en toi, éjaculera. La femme c'est n'importe quoi. Pas de fleurs, pas de mots.

Je voulais être galet nu, lisse sous leurs mains. J'ai arraché les poils du pubis avec un rasoir. Je me croyais mal faite, ignorant tout des femmes dans ma solitude. Honteuse et pleine d'espoir le lendemain, je suis venue avec mes blessures. Il n'était pas au rendez-vous. Ils ne sont pas venus les autres après. Si je veux survivre et oublier leur absence, il faut que je tue. C'est eux ou moi. C'est moi, l'absence.

Eux ce sont les hommes et les femmes dehors qui marchent. Ce sont les « ils » satisfaits. La terre trop pleine, trop de graisse, trop de choses, trop de richesses.

A l'asile on n'a besoin de rien, un peu de savon, de l'eau, un torchon, on est assis. On se sent minuscule maladroit inutile de retour dehors. Je voudrais être maigre comme un clou, une épingle. Ils auraient pitié, ils me donneraient à manger à la cuillère, ils me prendraient pour une petite fille fragile... Ils marchent. Ils comptent leurs sous, leurs nourritures, leurs amours. Quand je montre mes blessures et les traces du rasoir, ils courent. Il faut que je leur explique comment c'est dedans. Ils s'arrêteront... Je ne sais pas... Comme des morceaux de sparadrap qui se croisent sur mes lèvres. Je suffoque. J'essaie d'arracher le bandeau. Je ne trouve plus forme de bouche mais un trou saignant, cloaque saignant. Les muscles morts. Les chairs brûlées. Quelquefois comme une habitude ancienne, un tic, comme une souvenance, une enfance, les mots grognent, remuent la tête, font des efforts, ils grimacent. Réticence. Les mots ne sortent plus. C'est pathétique, presque ridicule, agaçant. Des soubresauts indécents, des remords, hoquets d'ivrogne.

J'aimerai dire à quelqu'un, à l'Homme de la ville, je parlerai pour ne pas l'effrayer... Je suis une folle sortie de l'asile, une convalescente. Je chercherai mes mots polis civilisés...

Monsieur, madame, mademoiselle, mes enfants on a oublié. Il faut absolument, c'est important. Français, Françaises, écoutez-moi, enfants de la Patrie, Chinois, arrêtez un instant, Russes, Américains vous aussi, toi, rouges, noirs, les gens de la ville, terriens, terriennes, auditeurs, téléspectateurs, frères, camarades, il faut inventer... Ecoutez-moi, je vous en prie. Vous. Je t'en supplie. C'est capital. Ça ne va plus. Je sais, j'ai trouvé. C'est à cause... Parce que, parce que... Ecoutez-moi. Je comprends. J'ai réfléchi à l'hôpital. On n'a pas pensé dehors, on était absorbé. L'homme de dehors ne dit rien, l'homme de dehors n'a pas besoin de dire. La ville pense et parle à sa place. C'est très important, il faut inventer le langage. Une nécessité pour survivre et résister. Je vous promets, je prévois. Excusez-moi, je parle... Ça vaut le coup. Pardon on peut essayer un peu, peut-être, comme un jeu. Le jeu de parler. On ne tient plus. On va craquer, disparaître. On éclate. C'est triste quand même. Au revoir. Déjà. Dommage, on aurait pu s'entendre. Adieu. Au revoir. Quand même. Peut-être...

Les choses dehors étouffent ma voix et détruisent le langage. Ils construisent à la place des villes, leurs maisons de grandes personnes, les maisons sans porte et sans fenêtre.

Si je trouve les mots en marchant dans cette ville, ça ne guérit pas. Je suis une fille toute seule, une fille sans maison, qu'on n'entend pas. Je me méfie aussi. Je redresse la tête en riant... Les mots qui restent sont ceux, on les a retournés, vidés, sucés et abandonnés. Des vêtements humides, suspendus à une corde sans le corps. Les gens sont tout nus à côté des habits dans des cellules blanches. Même pas propres. Des vieilles nippes. Une clocharde qui lave sa culotte en vitesse à la fontaine publique.

Les mots sont vieux, ridicules. Une denrée avariée, restes qu'on a oublié de nettoyer. Ecœurant. Les mots sont à l'extérieur de la ville, dans les zones de déchets. Les mots, on leur lance des pierres, les fous, on leur crache dessus. Les mots fous continuent leur petit chemin tout seuls, sans amour. Ils se traînent moribonds, ils vont vers l'hôpital se faire castrer. Ils cèdent. Les mots acceptent le silence.

Et pourtant, je crois que les mots vivants existaient avant. Il y a eu quelque part une guerre invisible qui a tout détruit, un long séjour dans un asile des médicaments, une guerre chimique dans la conscience. J'ai oublié.

Solitude.

IV

J'ai oublié. Je suis déjà loin. J'abandonne le passé ou je roule devant moi comme un gros caillou, une boule de neige grandissante, un amas de souvenirs, de regrets, d'échecs. Je traîne ma montagne de mots aveugles, sourds, sans demander secours, pitié. Pas d'homme galant pour ma valise, pas de vieille dame compatissante. Je ne veux pas de votre charité. Gardez-la pour les autres, vous-même. J'aime être seule avec mon monologue obsédant mon paquet mal ficelé. Dans le meilleur des cas, je finirai par la laisser à la consigne de la gare, sous la table d'un bistrot. Comme tout le monde. Je suis étourdie, tête en l'air acéphale.

J'ai disparu. J'ai disparu en laissant mon adresse. J'attends un petit mot de vous, une lettre même une longue correspondance. J'ai disparu dans un matin normal presque clair sans soleil ni brume. Je déteste les brouillards et les complications, le ce n'est qu'un au revoir sur le quai. Je ne me retourne pas. Je secoue mes cheveux en marchant. Je suis déjà loin. J'ai quitté la gare. Personne ne m'attendait. Personne.

J'ai refusé l'emploi qu'ils m'imposaient. le certificat d'asile précisant que je vais mieux. les enveloppes et les peupliers du couvent. Je marche dans la ville à la recherche de la grande fête moderne en riant. J'écris. On peut écrire dehors. on peut Tout est possible, on peut. Sors de l'hôpital. quitte l'autre monde sans écriture. Dehors ce n'est pas l'asile, on peut... J'ai un cahier Je donne des noms aux choses.

AUTO
RUE
MAISON

Dedans ils interdisaient l'écriture. La Surveillante en chef m'avait jeté, c'était fini pour les mots.

— Qu'est-ce que c'est ça, montrez voir... Ah! vous écrivez, quelle idée, faites voir... Et vous avez quelque chose à dire... Faites voir, allons montrez, allons...

— Ce n'est rien, non, non, c'est des mots, des lettres pour quelqu'un, des lettres, c'est des lettres, des lettres d'amour pour une personne, c'est pour parler à quelqu'un, c'est personnel, c'est à moi. Non c'est rien, rien, non...

— Bon confisqué, ordre un ordre, c'est le règlement. La lettre c'est moi qui vais la dicter... Tous les matins, je viendrai vous la dicter la lettre et on l'expédiera nous-mêmes.

J'ai cédé à l'engouement des mots comme on se laisse prendre par les petites manies rassurantes sans faire attention. Je n'ai pas de volonté, je note, j'écris. L'écriture et moi, on est montre indécent, à peine regardable, immonde, surtout pas lisible. Ils renieront, ils mépriseront l'enfant anormal, ils le négligeront. Ils ne connaissent pas le regret.

Je traverse décidée le Pays des Indifférents. Pieds nus, mes espadrilles et mon sac à l'épaule. C'est l'été. Mes hanches serrées dans mon pantalon. Yeux à vif. Un goût de sucre dans la bouche, je salive. Ce serait plutôt cireux, rance. Je crachote, transpire. La pointe de mes seins colle à mon pull. Je voudrais qu'ils me frappent en plein ventre, les mots à retrouver, une simple rencontre dans la rue. Ils m'échappent les fuyards. Je les traque, harcèle, encercle. Les médicaments ont enseveli les mots sous le banc, je gratte. Je tourne en rond dans cette ville. Je m'affole. Je suis une fille à prendre, une folle à reprendre.

Pour éviter les images poussiéreuses, il faudrait visiter l'intérieur des maisons, souffrir la souffrance des autres, toucher la douleur d'un regard, traverser les banlieues tristes, se promener dans les décharges municipales et les cimetières de voitures, fréquenter l'Assemblée nationale et le Palais de Justice. Pour retrouver les mots, il faudrait vivre debout, se secouer, gesticuler, fouiller, aller, ne jamais s'arrêter. Il faudrait saisir la couleur flottante de l'huile dans les rigoles, goûter le noir du sang. Il faudrait renifler les bruits colorés des machines qui traversent la ville. Il faudrait humer les petites choses au ras du sol, accepter d'être chien, s'accepter humble, interroger les objets qui racontent l'histoire de l'homme. Il faudrait avoir un ventre de verre et regarder pousser l'enfant.

Dans un délai derrière des hauts immeubles sque-
lettes des immeubles dinosaures, des maisons ani-
males terribles, des gamins chantent sur des tas
d'ordures et de détritus. On leur a donné un royau-
me, le pays des mots. Trois enfants avec short bleu,
mitraillette plastique, coiffures d'indien en carton. Je
m'approche timide : je peux jouer moi aussi... Ils
construisent une curieuse machine, la machine que
je rêvais de faire à l'asile quand on me mettait sous
médicaments. Ils rassemblent une marmite trouée,
des chambres à air, une roue de voiture, une poussette de bébé, des morceaux de bois et des objets
rouillés. Une machine à faire le langage. Elle volera
la machine et jettera la haine sur le monde des psychiatres qui disent tais-toi. Elle roulera et écrasera
les gens qui ne parlent pas, elle les désintégrera
ces sales grandes personnes... Ils savent déjà, ils ont
compris. Ils jouent cyniques le jeu. La machine détruit l'enfant. On devient adulte. On fait attention à
ce qu'on dit. On évite les fautes de tact et les
mots. L'adulte étrangle sans remords l'enfant qu'il
était. L'adulte, c'est un criminel. Les enfants vont
mourir et ils ne s'en rendent pas compte. Ils
perdent un être humain encore un... Aide-moi à les
sauver à l'âge adulte... Ce sont des affreux petits
vieux aux dents cariées, des presque-morts. Les
enfants aux yeux de porcelaine bleue, les cheveux
rasés jusqu'à l'os déguisés en petits S.S. vont vers
l'asile en chantant. Je rattrape les enfants et les
maintiens de force dans l'enfance... Tout est dégoûtant là-bas n'y allez pas, je sais moi, j'ai vu... J'ai
compris, j'ai enfin compris... Ils coupent tout. Ils
coupent tout à tous les enfants. Ils m'ont châtrée,
moi aussi, mais ils l'ont mal fait, incomplet, pas

assez ou de trop pour être comme il faut. Ils se sont trompés. Ni dehors, ni dedans. Je suis maladroitement châtrée, la Malcastrée.

J'ai caché la cicatrice dedans. J'ai avisé des gares pleines de courants d'air, des boutiques pleines de promesses, des musées aux parquets cirés, des églises aux odeurs anciennes. Je me suis assise sur les marches de l'église à côté des quêteurs, des dames qui vendent le journal de la paroisse, des joueurs d'harmonica, des mendiants. Je rêve d'être mendiante. Supporter un mépris de regard.

Petite, je déchirais mes robes, je me salissais exprès pour attirer les moqueries. Je cherchais les rires et les cruautés. Je voulais une mère au ventre déformé par les maternités, aux varices violettes. Faire les poubelles, pousser une petite voiture pleine de chiffons, de ferraille, manger des fruits pourris ramassés après le marché, aller pieds nus même en hiver, recevoir des pierres, nous, objets de haine.

Les catholiques, avides de pitié, me jettent des pièces, égoïstes. J'ai faim. Je ne me sens pas pitoyable. Je n'ai pas d'argent. Force obscure, je me sais vivante, simplement refoulée, tenue à l'écart de la communion solennelle. Je n'envie personne. J'ai même une sorte de petite tendresse ironique pour la dignité du dimanche.

L'enfant du dimanche a les yeux de la tristesse. Les parents qui n'y croient plus l'obligent à fréquenter la messe. Habitude. Les parents jouent mal la comédie. Charpentes madriers racinaux tout s'écroule, non pas du tout, ça disparaît sans bruit. Les orages, ce n'est pas pour aujourd'hui, ils ont inventé le temps gris neutre, le rien... On est perdu.

Incurable on finit par se laisser tomber dans la mare. On ne sait plus. On se tait. On fait semblant. On s'invente des doubles, des multitudes de rêves dans la mer.

L'enfance, c'est l'ennui têtu, on se nourrit de chimères et de masturbations. L'enfance, c'est l'orgueil, quand on cède, on devient adulte.

Moi, je serai orgueilleuse pour ne pas vieillir. Quand je serai vieille, j'aurai le cœur ratatiné, je ne saurai plus aimer. Mes ovaires seront des cerises fanées... Je ne voudrais plus comprendre, j'accepterai. Il faut que je protège mon enfance, ce qui reste, un tout petit lambeau de vie échappé d'un hôpital. Les adultes me volent. Je m'arrache les seins, je les mets sur un plateau. J'ôte mes ovaires, je les laisse rouler sur le trottoir. Je suis pure, je ne suis pas femme. Je n'ai pas encore grandi. Je me promets de ne plus jamais dormir. Quand on ferme les yeux, on devient vieux. Dormir c'est abandonner, la vie surprend. Je guette, je me méfie des grandes personnes qui veulent me faire entrer dans leur monde. Non, je n'irai pas. Je n'aime pas les enveloppes et les peupliers. Elles me tirent, elles m'attirent, elles promettent de l'argent. Je résiste, je reste. Je veux me maintenir dans l'enfance. Je meurs à vingt ans trois quarts, jamais je ne serai adulte. Je meurs à vingt heures trois quarts, jamais je ne serai la nuit. J'ai des allumettes, un poignard chinois, une corde et des clous, des voitures malades de vitesse, un piège à souris que ma grand-mère appelait tapette, l'imagination.

Je marche. Quelquefois c'est des pavés, d'autres fois du goudron, des fois des rues et des trottoirs, des hauts, des montagnes, des rivières, des insectes.

Des chaussures, un mégot, un papier chewing-gum, des lignes jaunes, des lignes blanches, des lignes rouges, des ronds argent, du sable, un tas de gravier, un trou, une flaque d'eau, trois feuilles mortes, un crachat, un ticket de métro, des chaussures à talons fins, des chevilles enveloppées dans de la laine, une crotte de chien, l'eau dans le caniveau, plaque d'égout, une bouffée de chaleur vivante renvoyée par le métro, chaussures noires, pieds marron, bottes de caoutchouc blanc, ticket de métro encore, plaque inscrite G.D.F., traînées d'urine verte le long d'un mur. En haut, il y a les têtes, c'est trop haut. En haut, il y a les cheminées, les antennes de télé, un ciel, des nuages. En haut, il y a le soleil. Pour le moment, je suis trop petite pour les voir, même sur la pointe des pieds. Mon corps s'est usé à marcher comme le crayon qui a écrit, la gomme qui a gommé. Moi la marcheuse, je marche. Je cours, moi la coureuse qui court. La cavaleuse qui cavale, l'avaleuse de villes qui avale la ville, la dévoreuse d'espaces qui dévore l'espace. La délirante de mots délire ses mots. Bientôt, je ne serai plus rien. J'aurai été tout.

Les mots ça ne sert à rien surtout pas à communiquer. C'est comme déposer ses excréments, rejeter, parler, parler, dire n'importe quoi, aimer, être vivant. On est obligé autrement on a des vapeurs, des maux de tête et on meurt. On devient fou à cause du silence. Je me tue quand je suis muette. Je joue à tuer. Je joue à aimer. Je joue à jouer.

Parce que je dis des trucs inutiles, je peux passer une journée à ne rien faire assise sur le banc du métro avec mon cahier. Je me ronge les ongles et j'arrache les petites peaux autour. Je me gratte les dents avec une allumette. Je mets un doigt dans le nez, dans l'oreille. Je m'accorde à mon corps. Je fais connaissance. Nous nous retrouvons. Des mots, des mots toujours, ça devient fatigant... Je m'aperçois que j'ai des seins, des genoux, un ventre, un enfant bientôt. Je me sens bientôt. Je me sens corps. Je répète le mot Corps.

Les rames régulières passent et me réveillent. Ils sont revenus, les gens. Ils m'ont entendue, par milliers, d'autres aplatis, prisonniers des affiches, se dégagent des liens, ils viennent, ils m'appellent, ils saluent, ils parlent, ils cavalent partout, cavalcadent, ils cherchent, ils dégringolent les escaliers roulants, ils courent sur des tapis à roulettes. Ça va vite, si vite... Ils s'amusent dans la ville avec les choses. Ils s'amusent avec les noms que j'ai donnés au choses; PETIT TRAIN, LOCOMOTIVE, ASCENSEUR, TEUF-TEUF, MONTER... On va jouer ensemble à la vie dehors.

Les gens défilent pressés indifférents. Je ne suis pas écrivain. Je me peins les paupières en violet. Les mots ne correspondent pas aux choses. Mon cahier, je le traverse à toute allure, j'ai peur. Mes œufs de poissonne je les dépose et je me sauve moitié honteuse. J'écris comme je suis avec mes ongles rongés, décorés de noir, repeints à toute vitesse en rouge. Quand ils disent, elle a les mains sales, je les cache derrière le dos. Je remets mes mots-parure dans mon sac de paille, mon écriture jeu, littérature ludique. Je pars triste. Solitude.

words can betray

Comme je ne supportais plus les mots peut-être le contraire les mots ne me supportant plus, on m'a remarquée enfin. Les mots fuyaient ma bouche en hurlant ce que je ne voulais pas dire. Les gens autour riaient, rattrapaient les mots et les gardaient pour eux tout seuls. Ils parlaient entre eux, derrière moi. On est venu me chercher dans un carrosse moderne, une ambulance, toute riante, clignotante avec des hommes fourchus cachés dans le blanc. On m'a isolée à l'asile. On m'a confisqué le cahier. J'ai été délivrée du langage.

L'infirmière a refermé la porte de la chambre. Je restais assise sur le bord du lit. Les objets autour étaient découpés, implacables, froids ennemis. Un décor de théâtre. On allait jouer... Sans épaisseur, à deux dimensions, sans profondeur. J'attendais le spectacle. Ils voulaient inventer pour moi une fausse vie beaucoup plus vraie.

Les objets autour avaient perdu leur utilité. Je faisais l'inventaire pour la pièce de théâtre. On a besoin du lit recouvert d'une couverture orange, l'armoire, un cosy en formica, le lavabo, un lit, une armoire, un cosy, un lavabo, une couverture orange...

Au-dessus du lit, trois boutons, deux pour la lumière, l'autre pour appeler l'infirmière. J'ai sonné une première fois, l'infirmière a passé son nez par le judas.

— Mais à quoi ça sert, à quoi ça sert tout ça, à quoi ça sert un lit? Ils commencent quand la pièce?

— Vous êtes assise sur le lit. C'est pour dormir un lit, voyons, vous voyez bien, allons... Essayez de dormir. Le matelas est confortable, l'oreiller doux. Vous serez bien ici. Vous voulez une autre couverture... Vous verrez, vous serez bien ici, ne vous en faites pas.

A dormir à dormir... Un lit... Le sommeil... Le sommeil dans un lit... Dormir dans un lit, c'est bien étrange...

Elle est repartie en me laissant avec l'angoisse. Elle a soulevé les épaules.

J'ai sonné une deuxième fois.

— Mais c'est pourquoi, ça sert à quoi?

J'ai sonné à nouveau.

— Mais à quoi ça sert un lavabo, là dans le coin? Pourquoi? J'ai peur, j'ai froid. J'ai besoin de comprendre. Toutes ces choses qui ne s'accordent plus aux mots. A quoi ça sert tout ça? C'est quand la pièce qu'on organise? A quoi ça sert? Expliquer s'il vous plaît. Je ne sais plus. J'ai besoin de savoir, d'organiser le langage.

A mon cinquième appel, ils m'ont fait une piqûre calmante. J'ai dormi très longtemps. Plus rien n'a été pareil. J'ai dormi éveillée. J'ai veillé quand je dormais. Larve. Tout était lent, passif, cotonneux. Odeur de lait caillé entêtante. Les gens étaient gentils. On se comprenait. Les mots n'existaient plus. J'étais dedans.

3

DEDANS

D'elle, je ne sais pas grand-chose. Le corps n'a pas été identifié. On a supposé que c'était elle, une fille comme tant d'autres n'importe laquelle.

C'est une ombre chimère, cette silhouette absente, aux longs cheveux qui a laissé le Cahier sur le quai. Je l'ai ramassé avant l'arrivée de la police, je l'ai mis dans mon sac avec mes mots.

Moi, unique témoin, j'ai gardé son secret. Je l'ai vue vivante un instant. Elle courait vers la gare. Elle allait de toutes ses forces vers la mort, que je lui accorde dans cette page.

La mort n'existe pas dans la vie, on l'invente pour finir le roman, fuir. Les morts, d'ailleurs, c'est comment, je n'en ai jamais vus... Ils font exprès pour m'embêter. Quand je verrai un mort, je lui chatouillerai les pieds, je lui baiserai les lèvres, le mort, il ne pourra résister, il sourira. La pensée ne peut s'arrêter de fonctionner, ce n'est pas possible...

J'ai joué avec un petit garçon vivant, il attrapait les derniers oiseaux malades, rampant dans les marais et les insectes qui échappaient à la folie.

— Hé petit! Dis hé toi, hé l'enfant, tu t'appelles comment? Tu sais qu'on meurt un jour? Tu as vu, tu sais, tu connais, t'as déjà vu un mort... Tu sais ce qui arrive quand on meurt, tu n'as pas peur... Tu sais ce qui se passe, alors c'est quoi... Je connais une fille qui veut mourir... L'enfant, tu m'as appris tant de choses, dis-moi encore... On va parler... On va inventer la mort...

— Eh ben, c'est la fête! Y a plein de machines, y a plein de manèges comme à la fête foraine avec des tas de lumières et du bruit. On va dans les machines et puis les filles se transforment en garçons et les garçons en filles, et puis on revit. C'est comme ça la mort, pourquoi tu me demandes...

— Et si la machine se trompe et si la machine transforme tout en fille?

— Tu parles, elle n'est pas folle la machine, elle n'est pas comme toi. La mort c'est organisé.

LE CAHIER BLEU

Il y a écrit sur la couverture Ville de Paris, Fournitures Scolaires Gratuites.

Au dos les tables de multiplication.

« ... Je ne connais plus la ville. J'ignore tout du monde dehors. Je suis dans cette maison depuis si longtemps. Je suis peut-être la fille d'une folle née à l'asile. Chez nous, on est fou de père en fils, les autres sont épiciers, avocats, tailleurs.

Il n'y a rien ici qui rappelle la ville dehors. Les

pavillons ne sont pas des maisons de ville, ils sont trop blancs. Les lits ne sont pas les lits de ville, ils sont trop durs, des sortes de paillasses par terre. Les médecins de ville quand ils arrivent, ils enlèvent leurs tenues de ville, ils s'habillent en blanc, masqués. J'aimerais tant qu'ils se dépouillent un instant, le nombril seulement, je verrais que ce sont des gens aussi, non pas des tyrans. Les rois, ça ne doit pas avoir le nombril de tout le monde.

Les médecins mettent des protections anticafards. Inquiétants et mordorés, les cafards sont mes amis, des compagnons de folie. La nuit, je les appelle : viens vite mon beau, ma belle, viens doudouce, mon enfant, viens ma chatte, viens mignonne... Ils grimpent sur le lit. Ils mangent l'ombre du dortoir, mon ombre sur le dortoir. L'asile, c'est ma ville habitée par les cafards.

Les petits animaux sont beaucoup plus nombreux que nous les déments. Dans la journée, les cafards fuient les psychiatres et se cachent dans les w.-c. Ils sortent la nuit présents à mon appel.

Nos w.-c. ne sont pas des w.-c. normaux. Nos cabinets ne sont pas pour les gens civilisés, ce sont des cabinets de malades. L'homme de garde a mis une sorte de lessiveuse dans un coin. Il n'y a pas de porte, pas de rideau, juste une bassine que l'on vide au matin.

La nuit, je compte les cafards, un, deux, trois. Leur couleur m'éclaire, dix, seize, vingt. Leur chaleur m'entoure, vingt-cinq. Je suis enfin libre. Trente-huit, quarante. Leur parfum cuisant. Je n'ai plus peur, je ne suis plus seule. Puis, je les martyrise comme les psychiatres m'ont martyrisée. Je me venge. Je les aligne devant moi, je leur barre le passage avec les excréments. D'autres arrivent encore. Quarante-neuf. Je les serre entre mes doigts. Je les comprime dans la main. J'écrase leur visage, je coupe les pattes. Je vais les aplatir, les anéantir... Je leur envoie des crachats. Les cafards deviennent fous. La folie contagieuse.

Maintenant, je vais les égorger. Je suis le psychiatre. La loi de la jungle. Les cafards survivants pourront toujours rogner le papier, les tissus et grignoter les médicaments. Je leur fais de la psychothérapie : allez petit, avoue, dis-le, je vais te faire une piqûre, le sérum vérité, avoue ou la piqûre avouera à ta place, un bon traitement médicamenteux et vous irez mieux, ne vous inquiétez pas, je sais vous abrutir...

J'en ai tué soixante-dix-neuf. J'étale les petits cafards morts devant moi. Je récite une prière : notre père qui êtes aux pays des gens normaux, acceptez-nous au ciel, nous les aliénés, et les cafards. Notre père sauvez l'âme des cafards au moins. J'ai vu la souffrance et l'amour dans les yeux de l'insecte.

Quatre-vingt-dix-huit, quatre-vingt-dix-neuf. On ne peut pas être tranquille dans les cabinets? La femme de garde m'a surprise, elle me renvoie à mon lit. Titubant et traînant derrière moi ma chemise de nuit, je rejoins docile ma paillasse. Je traverse la grande salle parmi les rangées de matelas. Furieuse d'être dérangée, la garde m'attache. Hier soir, j'étais calme, elle m'avait fait grâce. J'écris avec mes liens, sur le côté. Les bruits nocturnes graves étouffés. Une femme parle dans son sommeil, délire, puis grogne. Des cris, déchirures. Chacune toute seule pour elle-même, pour se raconter sa petite histoire à elle-même, chacune ne peut échapper à sa souffrance. La garde gronde, secoue, frappe, pique. Les médicaments ont tout endormi. Le silence entrecoupé de respirations rauques. Je m'allonge et je vais dormir sur mon grabat numéroté. La femme de garde se repose. Voilà mon no woman's land. Le dortoir des hommes, c'est de l'autre côté après le réfectoire. Les fous, on les a pris vraiment pour des fous.

Les médecins nous ont transformés en insectes. Ils ont épinglé nos maladies sur des dossiers, un chariot plein de noms de maladies, qu'ils roulent entre les lits le matin. Ils n'osent pas encore nous exterminer comme les cafards avec des bombes insecticides. Pour nous, ils ont choisi la méthode de l'humiliation. On meurt d'indifférence dans un hôpital.

N'écoute pas les psychiatres, écoute l'histoire silencieuse, la musique de la folle séparée de ton monde. Je suis dans un lit, une paillasse entourée de deux cents cafards. Une toute petite lumière nous veille. Un cafard me quitte. Un autre fuit sous la couverture. Une femme soupire. Un souffle. Ronflement. Une plainte toute fine. Une oreille sur un oreiller. Une canalisation d'eau. Chuintement. Ils dorment tous. La garde qui nous surveille s'est endormie sur sa chaise. Les cafards vont et viennent entre les litières. Un papillon se brûle à la lampe. Le monde des tout-petits est dramatique, immense.

Mes feuilles pleines de mots sont rangées dans ma paillasse. J'écris pour avoir un peu plus de mots, plus de confort. Les mots n'existent plus, j'en fais un sommier. Je m'enlise, je m'enveloppe dans mes mots. Je n'ai pas envie de dormir. Le noir et le silence m'appartiennent. Je prends une feuille.

J'écris la nuit, le jour, ils surveillent. Je remplis ma feuille de mots dans tous les sens et je la cache dans mon grabat. Le matin, le dortoir est en ordre. Je souris à l'infirmière. J'accepte leur jugement. Je fais semblant d'être le silence.

J'ai eu envie d'écrire quand on m'a fait taire sous médicaments, une lutte. J'ai eu envie de me regarder quand on m'a dit en arrivant dans cet hôpital, tu n'existes pas, tu es folle, quand on m'a fait disparaître dans une chemise blanche trop grande. Je rêve de me regarder dans une glace. Ils ont enlevé tous les objets coupants et mon miroir. La plus dure des punitions de ne pas se voir. Je remplis une bassine d'eau et je me regarde dedans. Je me regarde longtemps, je me regarde, regarde encore. Je me verrai dans la cuvette crasseuse que l'on se passe de fou à fou, l'eau graisseuse. Je me verrai jusque dans ma bave. Je me regarde dans l'écriture.

... Ma sœur qui a le même nez que moi est née la première pour montrer aux voisins que le jeune couple savait s'y prendre. Puis moi. Ma mère ne m'a pas acceptée car j'étais fille, elle souhaitait un garçon. Elle est allée chez le guérisseur pour se guérir de moi, une fille maladie. Elle a refait l'amour.

Ma grand-mère n'avait confiance qu'en son rebouteux et ses miracles. C'est lui qui me traitait avant qu'on m'enferme à l'hôpital départemental, il me faisait boire des boissons bizarres et manger des choses sales.

— C'est foutaise ce que te donnent les médecins, grommelait le guérisseur furieux dans sa cabane, ils te volent la Marie Mathurine et tu te laisses faire. Les docteurs, moi je te dis, ça ne pense qu'à l'argent. Confie-moi ta petite fille je la sauverai. On dit qu'elle est folle, ce n'est rien la folie... J'ai bien fait un garçon à ta fille, tu te rappelles, un de mes plus jolis coups...

De ses pots de grès le guérisseur retira ses herbes et prépara un breuvage pour la mère. Le fils attendu était là. La famille applaudissait. On le montrait tout nu aux amis. Un garçon... Oh! Regardez le petit homme, un homme déjà bien monté, mais regardez-moi ça, le petit fripon, allons ne te touche pas petit cochon, ça ne se fait pas, quel garnement, il en fera voir aux femmes...

Maussade, envieuse, je restais dans mon coin, vexée, blessée je me cachais comme une honte et fouillais mon corps vide. J'eus honte de mon corps. Les hommes, quelle drôle d'idée de creuser ce trou, d'éventrer la terre-mère et de remuer encore le couteau dans la plaie. Je me suis consolée avec des poupées.

Le sentiment de culpabilité m'est revenu plus tard, juste après ma communion solennelle vers l'âge de onze ans. Au catéchisme le prêtre nous avait dit de remercier le ciel et nos parents de nous avoir fait cadeau de la vie. Je connaissais l'histoire du guérisseur que l'on se racontait les jours de fête à la fin du repas, devant les bouteilles vides. Ah! si j'avais été le voir plus tôt disait ma mère, j'aurais deux garçons...

Je me suis sentie coupable d'exister, ridicule, être là, je m'imposais. J'avais tant envie de demander pardon à mes parents. La honte d'exister... Je me délectais dans ma honte et ma peur. La honte je la gardais entre le palais et la langue, un bonbon qu'on ne veut pas trop vite achever, refouler au fond, une hostie sacrée. Dieu sur les lèvres et une sorte de haine.

Après avoir vu un film sur la guerre je me croyais fille d'un sadique, d'un Allemand qui violenta ma mère. Dans la ville on regardait en biais les enfants blonds aux yeux bleus nés pendant la guerre ou neuf mois après, on les appelait les petits S.S. Un Allemand botté, un régiment même, toute la caserne, Hitler aussi, ils avaient tous piétiné ma mère, joui dedans. C'était affreux, merveilleux, j'étais le mal. Je suis la fille naturelle d'Hitler.

Ma grand-mère racontait toujours la même histoire. Pendant la guerre, elle allait se promener dans la campagne avec la mère et la sœur casée dans la poussette. Elle achetait du beurre qu'elle revendait en ville. Une fois, elle avait croisé une patrouille d'Allemands, le temps de se cacher dans le fossé... Qu'est-ce qu'ils vous auraient fait, demandais-je excitée à la grand-mère. Elle se taisait, triturait ses jupes à la recherche de son mouchoir et d'une médaille, se tamponnait les yeux, reniflait, augmentait mon angoisse. Elle le faisait exprès. La grand-mère dans sa charcuterie repeinte tapotait ses jambons d'un air satisfait et reprenait.

— Ma pauvre petite fille, tu n'as pas connu ça ma pauvre petite fille. Ils ne l'ont pas eu celui-là, ils ne les ont pas eus mes jambons, ça non... Ma pauvre petite fille on disait que ça violait et que ça tuait les Françaises. On s'en méfiait, on avait peur nous, on était honnête. Eux c'était des vrais sauvages. Heureusement on a pris notre revanche, Dieu était avec nous...

... Elle avait pourtant fui ma mère. Elle courait

dans la forêt poursuivie. Elle espérait atteindre la ferme par les champs avant qu'il ne la rattrape. Il l'injuriait dans sa langue. Elle soufflait et se tournait haletante. L'Allemand jubilait : ne cours pas ma belle on va se fatiguer pour rien, gardons nos forces pour tout à l'heure...

Il était sûr de sa proie. Il la détaillait, déshabillait de son regard bleu. Il admirait sa grâce et sa légèreté, jouissait de la peur de la jeune femme. Elle avait perdu ses chaussures. Les aiguilles de pin craquaient sous ses pieds affolés. Sa robe se déchirait aux hanches. C'était une fin d'automne exceptionnelle, d'abondance. Des pommes à mains pleines et une lumière rousse. La France était douce, la journée avait été chaude. Elle respirait la moiteur des feuilles, sa bicyclette abandonnée sur le rebord de la route. L'Allemand l'avait surprise. Ses joues roses. Brûlure.

La guerre n'était pas si laide. C'était un film comique. On s'accommodait. Le malheur était supportable. Il y avait bien sûr les semelles de bois, les jambes peintes en brun jusqu'à la hauteur des jupes pour imiter le bas. Puis par raffinement on ajoutait artistiquement une ligne plus foncée pour la couture. L'Allemand était en ville, mais on l'ignorait. On tournait la tête, changeait de trottoir. On ne répondait pas à leurs sarcasmes quand ils vous jetaient heil Hitler, on vous aura tous mêmes les nègres d'Afrique, heil Führer...

Ils s'étaient épousé en vitesse entre deux peurs, deux bombardements. La première nuit le sexe maladroit inexpérimenté du jeune mari butait et cassait à l'entrée du cratère. Le sperme s'était répandu bêtement sur les cuisses de la jeune femme. Première déception, l'acte ne fut jamais achevé... Les sirènes braillaient. Ils étaient descendus à la cave dans la panique. On ne sut jamais si elle pleurait ma mère à cause de la guerre ou de son amour raté.

Je traîne derrière moi la maladresse de mon père. Il n'a pas su faire l'amour à maman. Il me dégoûtait ce père. Je l'ai pris très jeune en haine. Il buvait du vin dans l'arrière-boutique de la charcuterie. Les hommes ils boivent. Ivres, ils font leurs enfants et ils boivent encore pour oublier les enfants de trop qu'ils font mourir. Le fœtus, l'alcool c'est la même chose, sucré gluant, ça tient chaud au ventre, ça permet de survivre. Ecœurant.

... L'Allemand l'avait épiée dans ses jumelles. Il avait attendu qu'elle s'arrête pour cueillir quelques mûres. Elle traversait le bois de la Colombe Bleue... La France humiliée c'était une jeune femme la bouche pleine de cerises sauvages, le ventre ouvert à l'Allemagne... Et maintenant l'Allemand ferme, vigoureux, un homme le pantalon descendu jusqu'aux bottes, l'Allemand possédait ma mère comme une putain. Je suis le crime, le mal, quelle chance élue entre toutes par Dieu Fou. Dieu, s'il revient, il sera bien obligé de prendre forme de femme. Ce n'est plus le bonhomme prêchant dans le désert mais une femme hurlant dans l'asile des cafards grouillant autour d'elle. Le silence ou le cri. Il n'y a plus de place pour les histoires sentimentales, les drames psychologiques, les réunions politiques, les descriptions engluées dans les mots, le trafic des belles phrases, les romans assommants comme les conversations des grandes personnes.

A l'asile, vivante sans vie, je me souviens avant l'internement. Tout devient clair et net quand mon corps attaché ne vit plus. Je fais, je refais la vie avec des petits souvenirs ramassés dans l'enfance, glanés au bois de la Colombe Bleue comme des pommes de pin. On jouait dans les tranchées et les souterrains laissés après la guerre. L'été, un petit garçon a été blessé par un obus oublié. Explosion, sang partout, bras arraché. La vue du sang m'emplissait d'une joie neuve étrange. J'étais excitée. J'ai quitté le groupe des enfants apeurés pour me cacher dans un trou. Je tremblais, bavais, je me roulais dans la mousse, jambes écartées, je me vautrais dans la terre, je me tapais le derrière contre le talus. Peu à peu, j'étais inondée de sueur. Je confondais l'humidité de mon corps avec celle du bois, il avait plu. J'étais terrifiée. Je suffoquais. Mon corps s'échappait. Je criais. Je ne pouvais le retenir. Je sentais que je m'évaporais. Mon ventre remontait jusqu'à mon souffle. C'était sans doute de la jouissance... Je découvrais le goût, j'ignorais le mot. Après une sorte de vertige, j'ai perdu connaissance. Mon ventre était soulagé. Relâchement. L'angoisse disparue, j'ai uriné tranquillement.

J'avais pensé pendant ce court instant que toutes les filles étaient vengées. Bien fait pour les garçons, c'était bien fait pour celui-là, répétais-je, enfermée dans ma solitude de fille jalouse du frère.

Le bonheur de voir un petit garçon qui allait mourir la main coupée, des milliers de petits garçons aux mains phalliques foudroyées... J'ai recherché cette joie, l'angoisse. J'ai poursuivi la mort. Une mort comme sur les cartes postales avec sa tunique noire, sans dent, quelques plumes de corbeau, comme sur les livres d'enfant, un long bec, cri de chouette. La nuit, elle marchait sur la lande, la mort que j'imaginais et cueillait des ajoncs et des genêts. Elle offrait ses bouquets aux jeunes filles insatisfaites. La mort était la concubine du diable disait-on chez nous, ils habitaient un trou d'argile au bois de la Colombe Bleue, le trou du diable. Dans l'Enfer chacun voyait ce qu'il voyait, chacun regardait sa mort à lui. Jamais deux personnes n'ont vu la même chose... On discutait, puis on se disputait, on était agacé, on disait zut, on était vivant.

Ma grand-mère se signait quand elle entendait un hibou. Elle faisait des prières à sainte Barbe pendant l'orage, elle décorait les carreaux de la fenêtre avec des croix en roseaux tressés. Peu de temps avant sa mort, elle tricotait des grosses chaussettes vertes en laine, pleines de manques et de ratures, elle voyait mal. Elle disait la mort nous surprend par les jambes, le froid ça vient, ça monte, ça commence par les pieds, le corps suit. J'abandonnais la pelote de laine, je fouillais dans ma culotte et je me sentais chaude, vivante.

A côté de chez nous, vivait un vieux monsieur qui me faisait penser à la mort. C'était l'homme, la fête qui devait m'enlever à cette vie triste. J'étais attirée, fascinée par son teint jaune et sa maigreur. Il avait fait les colonies, c'était chic. Nous, on croupissait sur place, on ne connaissait que notre village et on savait bien qu'on ne verrait rien d'autre.

Le monsieur il buvait du thé, il portait des vêtements de couleurs vives, il jouait précieux avec un monocle à l'œil droit. Il ne ressemblait pas à mon père. Les airs distingués et les bonnes manières, il les avait appris aux Indes avec les Anglais. Dans son jardin, des plantes exotiques et des fleurs. Il refusait les choses de chez nous, le blé et la pomme de terre.

En douce, je me glissais chez lui. Une pièce sombre rafraîchie. Il écrivait en chinois, j'étais émerveillée. Il y avait d'autres écritures, des signes mystérieux qui ne disent pas tais-toi, celle-là, quel casse-pieds, laisse-nous tranquille, va jouer... Je m'approchais timide, je tapais sur son épaule douce : je peux rester s'il vous plaît, je m'ennuie tant chez ma mère, c'est si long l'enfance vous savez, vous ne vous en rendez pas compte, vous les grandes personnes.

Il souriait gentiment de mon ignorance. Il me servait du thé dans une tasse bleue et dorée comme au cinéma. Il m'embrassait sur la bouche. Du cinéma... Je jouais avec des statuettes rapportées des Indes. Je vissais dans le ventre d'un gros bouddha souriant et joufflu une deuxième statuette, une petite femme fragile aux seins pointus. Je bougeais les deux statuettes en riant, la femme pénétrait l'homme avec une sorte de vis. A l'origine la vis était plantée dans le bouddha, accident miracle, l'Hindou disait qu'il a refait le monde pour moi. La femme malcastrée retrouvant le phallus perdu...

L'Hindou se tenait près de moi et souriait. Sa cuisse touchait l'un de mes pieds nus. Sa cuisse tremblait, transpirait et me transmettait une douce chaleur. On était bien un instant... Et puis l'Hindou s'est mis à hurler, très fort sans raison, il faisait des grimaces comme quelqu'un qui va mourir... Je me suis sauvée brisant les statues dans l'affolement. Redonnant le pénis à l'homme... Je racontais terrifiée cette histoire d'un sexe pris par une femme avec les dents puis rendu à l'homme. La femme castrée volontairement.

Le village s'est concerté. Le guérisseur a décidé : on a expulsé l'étranger. Moi, on m'observait quand j'étais seule contre le poêle de la cuisine, enfermée dans mes songes. On me trouvait de plus en plus étrangère à eux.

J'avais déjà parcouru trois écluses sachant qu'on voulait me punir. Le guérisseur me poursuivait le long du canal : il faut te bénir sale petite pourriture, il faut te purifier catin, il faut te sauver ma chérie, laisse-moi faire c'est pour ton bien, il faut te bénir, il faut te baptiser au lavoir, tu es toute sale, ton âme est salie...

Le guérisseur traînait sa patte folle et me maudissait. Moi je riais, j'avais quatorze ans et de longues jambes. Une bande de garçons rôdant sur des motocyclettes a bloqué le passage, j'étais perdue. Le guérisseur me tirait par la tignasse jusqu'à la rivière. Les garçons le suivaient en me narguant. Une fille prise.

Les vieilles en coiffe vénéraient le lavoir et étalaient les draps bien nets dans les champs autour, le culte de la propreté au lit conjugal. Les gamins s'énervaient sur la passerelle. Les vieux juraient et crachaient. Les bêtes buvaient l'eau savonneuse et chassaient les mouches.

Ma mère criait : enlevez sa robe, je ne vais pas pouvoir la récupérer avec toute cette boue, elle doit lui faire encore deux saisons... Ma grand-mère hurlait sa joie : elle sera propre, elle sera purifiée ma petite-fille, merci mon Dieu elle sera débarrassée de ses envies de faire le mal, elle va retrouver sa tête...

Ils ont arraché ma robe de laine que je portais sur des seins à peine nés. Ils ont tiré sur ma culotte. Ils m'ont jetée dans le lavoir révélant à la face du monde mon secret bien gardé : trois poils blonds sur le bas-ventre.

Et tandis que j'essayais de me dégager de la boue, une énorme gueule de bœuf s'est approchée du lavoir, avalant une brassée d'eau, vultueuse et rouge, m'engloutissant, vulvaire. J'ai juré vengeance. Porter sans honte le péché originel, refuser une deuxième fois le baptême.

Les gendarmes de la ville voisine sont venus faire une enquête. Ils voulaient m'interner à l'hôpital psychiatrique du département. Chez nous on ne disait pas psychopathe comme à l'asile. On ne connaissait pas les mots. On se méfiait des médecins et de la police. On était silencieux, sournois. On disait à voix basse possédé par le diable. Respect. On n'aimait pas beaucoup les autres. On réglait les problèmes en famille.

Le village s'est regroupé et a résisté aux crosses des fusils avec des crucifix. Ma grand-mère se roulait à terre en maniant son chapelet. Ma mère implorait le ciel. Le voisin menaçait avec un Christ en ivoire. Mon père brandissait son crucifix en bois d'une main, de l'autre il me maintenait.

— Jamais vous ne l'aurez plutôt mourir, jamais vous ne l'aurez ma fille, on rasera le pays s'il le faut, jamais vous nous l'enlèverez, il restera pierre sur pierre...

Les enfants jouaient avec les branches de buis tombées. Les poings agitaient des milliers de christs, narguaient, insultaient, provoquaient les trois gendarmes attendant les ordres du chef. L'un d'eux

tapait sur la main de mon père. La main renfermée
sur la croix. Jamais, jamais, disait mon père, c'est
ma fille... Mon père résistait à la souffrance, claquait
des dents, tenait. Il gardait son christ serré dans
le poignet, se sentait protégé. Ses yeux fixés sur
Dieu, il supportait. Sa main écrasée, fendue, ouverte.
Une bouche, des lèvres de femme maquillées... Le
sang se répandait sur le crucifix, le christ saignait...
Un homme de loi me tirait par la manche et m'en-
traînait. Je m'agrippais à mon père, je criais : jamais, jamais... Ils ont fait venir des renforts. Le village regroupé autour des cars de police menaçait
des croix, brisait les vitres, se jetait sur les gendarmes. Le village a appelé au secours le deuxième
Dieu. Après la religion, l'alcool. On se défendait
avec des bouteilles de rouge et de cidre. Et mon
père devenait tache de sang, fleur carminée, pétales
de rose et tache de vin... Il souriait. Le gendarme
déchirait sa main crispée sur Jésus et le pinard.
Je l'aimais ainsi, beau si doux... Moi, je m'évaporais toute calme... Je devenais sainte Emma pour
le village une malade pour l'officier de police qui
me conduisait à l'hôpital pour la première fois.

Oui, quand ils m'ont bien abrutie avec les médicaments, bien anéantie, quand ils ont cessé de me
considérer dangereuse, quand ils ont fini de s'amu-
ser, quand je ne réagissais plus, quand je ne savais
plus me plaindre du manque d'eau chaude et de la
gamelle de pommes de terre, quand je me confor-
mais à la douche glacée avec les autres, ils m'ont
retirée de la cellule et ils m'ont mise au dortoir,
là où ils entassent les filles débiles pour la vie.

Mais non, je lutte depuis des années. En silence je lutte avec des mots. Je ne m'arrêterai jamais d'écrire. Tant pis pour vous, vous vous trompez Dame Psychiatre, je ne serai jamais grande malade bien sage et bien civilisée, folle chronique parfaite. Je me révolterai tant que j'aurai des mots sous la main et dans ma tête, des armes.

J'ai peur pourtant quand je vois mon reflet dans les yeux fermés des autres malades. Elles n'ont plus le courage de regarder. Il n'y a rien. Des machines bien réglées, un désert d'habitudes. La folie, c'est une page blanche.

J'ai peur quand je lis mon visage dans la glace de l'asile, peur de vivre dans ce dortoir et encore plus peur de mourir. Une malade s'en va définitivement, on désinfecte vaguement le lit sans cri, sans révolte. Une autre prend sa place, j'ai peur. Il faut sortir, agir, dehors, il faut, dehors, dehors, dehors... Plus de mots, mais des actes. J'ai conçu un plan. Il faut aller contre l'asile, contre la Dame psychiatre, contre toute psychiatrie antipsychiatrie contre-psychiatrie. On les aura tous, nous les fous, on va leur montrer la raison.

J'en parle aux autres. Elles sont d'accord, les filles pas tout à fait mortes, les dernières arrivées. Je leur promets la vie dehors. Elles me regardent avec des yeux étonnés. La vie dehors, elles ne comprennent pas. La vie dehors, elles n'y ont pas pensé. La vie dehors, on s'habitue dedans.

On va faire une fête, une grande cérémonie, on va leur faire voir, une fête à notre mesure, une fin, la liberté. Nous serons pestiférées, possédées, sublimes, femmes enceintes, folles, filles normales...

Je trace sur le drap avec un crayon une forme de

femme, puis je découpe, surfile, rembourre de chiffons. J'ai volé le matériel couture de la journée et des ciseaux. Je dessine des yeux, une bouche, j'accroche des cheveux. Voilà la folie, c'est elle, cette poupée de chiffon, elle qui m'a fait mal, elle qui nous surveille, enferme. On va la détruire. La grande fête de mort. La folie morte, on l'enterre. On va à l'enterrement de la folie.

Les pensionnaires descendent en cortège vers la gare entre deux rangées de peupliers. L'hôpital a été isolé dans une région de marais, d'eau, de vase, sans végétation. Ils ont construit une route goudronnée qui mène de la gare à l'asile sur cinq kilomètres. Ils ont planté des peupliers drus pour arrêter le vent. Mais le vent arrache les jeunes plants phalliques. La plaine marécageuse, nue, gluante. L'Homme ne résiste pas, le masculin meurt. Ils ont construit des châteaux d'eau en pierre, ils les ont colorés en rouge pour nous séduire. Nous, folles, on a tout détruit avec nos mains, nos dents, notre haine. Ici rien ne pousse, on déteste l'homme. La terre, c'est un ventre de femme. La terre, c'est nous. On enfonce nos pénis castrés dans le sol, pointe vers le bas. On se féconde nous-mêmes.

Nous sommes vêtues de nos draps, pieds nus, cheveux dénoués, les hanches ceintes de cordelières dorées. Nos somnifères colorés sont devenus colliers, pendentifs, bracelets, bagues, bijoux. Nos visages bariolés avec du mercurochrome et de l'arnica. Ils voulaient nous empêcher d'être femmes désirables et maquillées. J'ai poudré mon visage de blanc, j'ai ourlé mes paupières de charbon éteint, j'ai badigeonné mes lèvres avec de la pommade. Nous portons des cierges volés à l'atelier d'ergothérapie. Ils nous font faire des bougies de cire, des fleurs en papier, des boîtes de carton, des écharpes, des corbeilles à pain qu'ils vendent aux normaux. Nous ne travaillerons plus pour les normaux. Nous sommes belles maintenant, reines vestales.

Nous avons marché sur la route en chantant, comptines d'enfants et cantiques d'église, des musiques qui venaient du fond de nous. Quelques oiseaux sans nom vivotant dans les marais autour survolent le cortège. Ils nous protègent, envoient leur bénédiction avec des cris rauques. Des anges qui survolent le cortège. C'est une fête religieuse. La folie sacrée. On honore la statue d'un ange naïf au sourire grotesque avec des ailes recouvertes de plumes de coq, une image que j'ai découpée dans mon catéchisme de petite fille. Une fête de l'enfance au village... Ma grand-mère retenait son cœur et sa coiffe pâle d'émotion, puis elle chantait seule d'une voix aigrelette si fine, haute, on écoutait à genoux. Elle déroulait son châle, fixait le ciel, serrait les poings, hurlait... Elle avait vu l'ange voler. On était protégé pour une année encore.

La poupée démence portée par quatre femmes est déposée sur la voie ferrée. Nous attendons le train comme un miracle.

A l'asile on parle, on rêve de ce train, on le guette du troisième étage, on connaît les horaires, on calcule le temps exact de marche depuis l'hôpital. On dit que c'est facile de faire le mur. On dit que si on a assez d'argent pour le billet. On fait des tas de projets, on vend tout de suite ses sucres, ses cigarettes et on reste dedans. On regarde le train encore. Dedans on rêve à dehors. Parce que si on prend le train, si on arrive à la ville, si on résiste au voyage et supporte l'épreuve, on est sûr d'être sauvé.

La poupée de chiffon qui ressemblait à n'importe quel visage faux devient la Dame Psychiatre vraie. Le train entre en gare. Nous ne serons pas sauvées. Tant mieux. Nous ne voulons plus. La poupée-psychiatrie va exploser. L'ange protecteur explose, broyé par le train.

On a tué la psychiatrie. Sans psychiatre, il n'y a plus de fou, plus de comparaison. Les hommes seront égaux, libres, les hommes je les . . . .

La Dame Psychiatre est entrée au dortoir, alors elle n'est pas morte cette nuit je croyais... Sévère et autoritaire. Elle avait oublié ses lèvres douces.

— Vous êtes enceinte, avouez, vous ne pouvez plus le cacher, vous êtes enceinte, n'est-ce pas?

— Non, j'ai un enfant dans le ventre, c'est différent. Je ne suis pas enceinte. J'ai un enfant. Je ne suis plus seule. Il y a quelqu'un, un autre, un...

— Il faut être responsable prendre ses responsabilités, quand on veut procréer. Vous n'êtes pas capable...

— Si si si je veux, je veux un enfant, un vrai je sais, un qui remplit mon ventre, un qui pissera dans ses couches, un qui recrachera ses bouillies, un qui jouera avec sa crotte, un qui aura la rougeole, un qui refusera d'aller à l'école, un qui volera des motos à seize ans, un qui prendra du L.S.D., un enfant qui me jettera à la figure, salope mère tu as joui quand tu m'as fait, un qui à son tour fera des enfants. Je suis responsable je sais, vous voyez bien, consciente, si si je veux...

— Vous avez eu des médicaments, la maladie...
Le fœtus se développe mal... Nous ne voulons pas
de scandale dans l'hôpital. L'enfant sera anormal...
Et puis, c'est votre intérêt réfléchissez, on vous fait
presque un cadeau, acceptez... Réfléchissez, voyez...
Vous risquez beaucoup vous savez... Par exemple,
qu'est-ce que vous feriez d'un enfant anormal, un
enfant sans bras par exemple...

— Si si si il a des bras mon enfant, je suis sûre,
il a des bras mon enfant, il en a quinze, vingt pour
se jeter à mon cou.

— Mais vous rêvez, vous délirez, ce n'est pas
un enfant, pour le moment, c'est une maladie. Une
maladie ça se soigne. Il faut vous opérer, il est
encore temps. Ce n'est qu'une maladie, il n'existe
pas d'enfant.

— Si si si c'est un enfant, il existe puisque je
l'aime. Est-ce que vous avez besoin d'une autre
preuve...

— Ce n'est qu'un fœtus pas encore viable je vous
dis, acceptez. Il faut vous opérer. Je vous promets
que ce n'est pas encore un enfant. Ce n'est rien,
allons, ce n'est rien allons...

— Et si c'est rien, je veux ce rien, c'est tout.

— Il vaudrait mieux se taire maintenant, la bou-
cler définitivement, vous avez compris, détruire vos
cahiers et vos mots. On ne vous demande qu'une
chose, le silence. Je m'occupe du reste.

Child key to conog.— avortion / silence

Laissez-nous vivre mon enfant et moi, nous voulons seulement faire des poèmes d'amour rien d'autre, jouer avec nos mots et nos corps. Nous vou-

lons seulement briser la solitude. Ce n'est pas très difficile à deux...

Je me laisse aller à la lourdeur au bonheur. Je me roule dans ma rondeur nouvelle. Un enfant, je me sens vivante, je redresse mon corps. Je me glisse dans la maternité en demandant pardon, s'il vous plaît... On est bien avec un enfant dans le ventre. Je porte un enfant. Non pas faire un enfant avec un homme, mais porter l'enfant, j'insiste sur les mots porter l'enfant. Faire un enfant jamais, le lendemain c'est triste, on oublie comment on a fait avec qui. L'homme n'existe pas, on ne le reconnaît pas dans la rue, on lui tourne la tête dans le couloir de l'hôpital. L'homme qui ne participe pas à la fête fertile n'est qu'un saint Joseph cocu, condamné à faire l'argent pour les gosses. La femme trompe l'homme avec son propre corps. Il ne reste que l'enfant. J'existe maintenant, j'existe. L'enfant a fécondé la femme.

Je suis la terre en pleine contraction, contradiction. Je vais accoucher, je ris. L'humain est une petite bête minuscule et têtue. Il gratouille et butine mes ovaires. L'enfant pousse, souffre, respire. Il a tant envie de se dresser vers la lumière, il a tant envie d'atteindre la vie. Vous savez après quoi il court l'enfant, ni la gloire, ni l'amour, ni l'argent. La vie. Tu ne te rends pas compte de cette bataille toi, tu as lutté pourtant, puis oublié. Cela te semble normal, acquis définitivement. Pourquoi perd-on la mémoire à la naissance, il y aurait des histoires à raconter, on écrirait un roman réaliste...

La femme s'élargit, s'épanouit, puis un jour elle se brise, s'ouvre. L'enfant jaillit vivant. C'était beau la naissance de l'enfant, la création du langage.

La Dame Psychiatre disait sans honte : une matière organique pleine de microbes qui peut contaminer les gens. Elle expliquait : on n'en reparlera plus, on oubliera, le fœtus sera enlevé puis brûlé comme un organe pourri et dangereux...

— Brûlé, jamais, jamais, je veux mon enfant, mon enfant mort, mon mort à moi, je veux l'enterrer, je veux l'enterrer de l'autre côté du cimetière, sur l'avenue, dans la vie...

— Doucement, ce n'est pas encore fait. Et si on le fait, c'est un cadeau, un cadeau sans prix...

Il contamine les gens, il contamine les gens normaux, les gens comme toi. On va le brûler. Je te déteste, je te déteste Dame Psychiatre, je te déteste. Non, non, non, il vous enverra le choléra mon enfant malheur, destructeur, mon enfant poison, venin, virus, mon enfant aimé, enfant nocif, enfant perdition, malédiction. Il descend sur terre et répand peste, lèpre, blennorragie, syphilis, leucémie, cystite, pus, kyste, chancre, lésions au cerveau, folie, folie, folie. Quand il vous aura bien empoisonné, la cervelle et le sexe, vous crierez pitié, nageant dans un bouillon de culture puant, vous, tordus, pliés en cinq, brisés, rompus, hurlant pitié, pitié, maman, maman, maman...

J'ai en mon ventre un autre qui vit à mes dépens. Je ne le déteste pas, je l'aime. Il se satisfait en moi avec des ongles, des trompes, des racines. Il gratte, creuse, aspire, lape, avale, construit ma vengeance. Je voudrais qu'il me fît mal encore. Il ne m'est pas reconnaissant de ma douleur. Il est indifférent. Je l'admire. Moi, vieille terre ravagée, moi, vieille folle rongée, je vis, je revis. J'ai la vie en moi. J'ai en mon ventre une nouvelle race, des dizaines d'enfants anormaux. J'arrache du trou de folie un fœtus, cent fœtus idiots, des fœtus encore... Je les dépose de l'autre côté de l'hôpital. Mes avortons envahissent la ville dehors, des millions d'embryons échappés, la terre recouverte de mes germes... Vous l'avez bien cherchée, vous l'avez voulue, vous l'avez déclenchée la haine, elle s'avance, elle ne peut reculer la famille des enfants mal aimés elle tourmente l'humain, la horde des fous, meute hagarde, jusqu'à l'anéantissement.

Moi et mes enfants arriérés, mes fœtus morts, mes chats crevés, on parcourt le beau pays de France. Saltimbanques, forains, vagabonds, nomades échevelés. On nous interdit l'entrée du monde raisonnable et pourtant, vous payez pour nous voir. Vous bavez, applaudissez, riez devant le trompettiste sans bouche, la danseuse sans jambes, la femme-tronc à deux têtes, les monstres magnifiques... Folle douce grâce aux calmants, assise dans la réalité, je vous observe, un doigt dans le nez en souriant aux anges.

Ils m'ont donné des médicaments, des médicaments pour moi. Ils ont blessé l'enfant et sauvé la loque endormie muette. Ils ont détruit l'enfant qui détenait les mots. Ils avaient raison les hommes de Science, ils ont toujours raison les hommes de Science. L'enfant est idiot. Il ne parlera jamais, l'enfant de l'absence. Ce n'est pas l'histoire de l'enfant-langage que j'ai fait, mais celle du silence. J'ai accouché de mes milliers de solitudes dans un asile.

Après, je n'ai vu qu'une bouteille de sérum au-dessus de la table. Bulle légère, dansant au-dessus de mes yeux, nuée. J'ai disparu... Le chirurgien était le S.S. qui viola ma mère. Mon père qui vivait tranquille sous une fausse identité, a retrouvé la mémoire en perforant mon ventre... Par-delà la ligne bleue des Vosges, Hitler avec sa couronne d'épines sur la tête, psychanalysé par Freud, me regarde avec tendresse et m'appelle : viens ma fille, viens mon sang... Je plonge dans le Rhin.

Making fun of Freud.

On a oublié le passé. Ils essaient de me guérir dans la jolie maison depuis l'avortement. Les ouvriers sont venus à l'asile. On va remplacer le vieux seau. Ils vont construire des cabinets neufs avec un trou, des tuyaux, une chaîne, de l'eau courante, des murs et une porte, tout, les cabinets des gens normaux, pour les grandes personnes. On va nous réapprendre à déféquer comme tout le monde pour commencer. Après, on fera les autres choses normalement. La psychiatrie se modernise, les nouvelles théories, la nouvelle organisation...

Je regarde un plombier au travail, le plombier regarde un pigeon, le pigeon ne nous regarde pas.

— Une pigeonne tiens, elle couve son œuf tranquillement, sans se poser de questions, sans savoir si c'est pourri. C'est beaucoup plus beau qu'une femme... C'est costaud les oiseaux, des fois, on devrait les imiter, prendre une leçon de modestie et ne pas parler...

Je crie : et la femme, et la femme alors, qu'est-ce qu'elle fait pendant neuf mois, et la femme?

La femelle fiévreuse nous regarde avec des yeux vagues et un sourire idiot. Elle couve heureuse. La pigeonne est malade, la pigeonne folle, la pigeonne couve son œuf depuis trois mois, dix ans. Elle était à l'asile bien avant moi... Salope, putain, chienne en chaleur, femme enceinte, elle aime. La pigeonne refermée, enfermée dans son œuf jouit. J'attrape l'oiseau par le cou. J'arrache l'œuf. Je sépare la mère de l'enfant. Je presse. Détruire, détruire, tout détruire. J'écrase l'œuf dans ma main. Il explose. Ça sent les œufs pourris... »

La fille avait refusé l'hôpital neuf. Elle venait de la colline par-delà les H.L.M. On commençait à combler les marécages. On construisait des immeubles neufs pour loger le personnel. On tuait les derniers oiseaux malades rampant dans les marais.

Sa nudité trouait la nuit. Elle surgissait de la boue, propulsée d'une autre planète. Elle n'était plus de notre monde. Elle ne marchait pas, elle dansait fière femme. Une danse obscène du ventre, danse d'amour mécanique, frénétique. Elle faisait l'amour avec la terre oui, c'est bien cela, avec moi... J'ai senti son sexe contre mon sexe, une pathétique supplication, désir de vivre, fécondité... Un instant, nous nous sommes regardées : ses cheveux tristes, le regard dur, provocante et laide.

Elle traversait l'immobilité glacée. Elle s'engloutissait. Il avait plu, puis neigé ou bien le contraire, il ne restait qu'une sorte de mélasse. Elle marchait dans la matière excrémentielle. Elle trébuchait, tombait, s'écrasait sur les mauvaises pierres, le nez contre le sol humide, prostrée... Les joncs sont bleus dans le brouillard, la mort a des pattes de velours, bientôt ce sera trop tard... il faut... Se relevait souple. Elle se dégageait boueuse de la terre. Elle secouait sa tête mouillée, ébrouait ses seins mouillés de jeune chienne et reprenait la route des morts.

L'animal urine gracilement et continue son chemin avec naturel. L'Homme-Dieu tire le zip de sa braguette en sortant des vespasiennes. Elle s'était arrêtée simplement pour pisser.

J'attendais le train de banlieue un peu plus tôt que d'habitude, j'étais sur le quai. Il faisait froid. La fille paraissait avoir chaud, elle était nue. Je crois qu'il neigeait encore. En tout cas, elle ne souffrait pas de la température. Elle était morte ou folle. J'ai entendu dire que les fous c'est un peu comme les animaux, ils résistent au froid, ils se mettent tout nus dans la neige.

Non, ce n'est pas vrai, Madame le Docteur, c'était l'été et elle s'est tuée. Un jour presque férié, vers le 15 août, un jour où l'on se sent toute petite, abandonnée, rejetée de la fête et du dimanche... Je l'ai aperçue de très loin, j'en ai encore une vision nette. La neige éclairait son corps et adoucissait la couleur de sa peau. Elle se perdait dans le ciel bas, elle se perdait dans la lumière. Il devait être presque sept heures. Elle s'avançait dans le blanc. Elle expliquait pour personne d'une voix désaccordée.

« Nous ne ferons jamais l'amour ensemble. Nous n'aurons pas d'enfant. Tu ne pouvais rien donner parce que tu n'acceptais pas que les malades te donnent à leur tour. Tu avais peur qu'on exige, tu te retirais à temps pleine de précautions et de craintes. Tu n'étais qu'une professionnelle putain d'amour. Tu jouais quand je t'aimais. Tu étais payée pour dire l'amour. Ta poignée de main n'était qu'une faveur, la froideur, ta main n'était qu'une aumône, le mépris. Moi, je me jetais entière contre toi. Mais non, l'amour c'est du commerce, le profit. Tu travailles à heures fixes, une séance par jour, jamais plus. 13 janvier 1971, on est arrivé à tout acheter, les mots d'amour comme le reste. La Dame Psychiatre vend ses mots d'amour sortis de ses lèvres vertes de courtisane, la pute gardienne de la Société, chienne fidèle des Sécurités sociales. La Dame Psychiatre qui me donnait des nourritures psychiques dans ses mains est devenue machine psychiatrique, acier, une machine qui crache des sandwiches, jambon, rillettes, saucisson contre une pièce de un franc...

La barrière rouge et blanche du passage à niveau s'est abaissée. Le train entrait en gare. J'ai pensé : ce n'est pas un suicide, c'est un crime. On l'a suicidée. Quelqu'un est responsable... Moi. Je me suis sentie coupable de mon sourire, mon ironie, mon indifférence quand je l'ai frôlée sans la voir, quand je l'ai croisée elle ou une autre qui lui ressemble.

A l'hôpital, ils n'ont entendu qu'une sirène annonçant un suicide sur la voie ferrée, un de plus. Une sirène à la place du réveil. Le bonjour de l'infirmière et le petit déjeuner, les pensionnaires mangent au réfectoire. Une journée commence sans histoire. On se demande pourquoi on essaierait de s'en sortir. On a la solution, à soixante-dix ans, ils vous reclassent à la maison des vieillards en face.

Les banlieusards s'activaient vers la gare. L'enfer

du train bondé, la dame enceinte qui s'évanouit, les journaux et les chapeaux qui se heurtent, les jambes qui prennent des varices... Et puis, tout s'arrête... Les pompiers casqués d'or et gantés de noir ont ramassés des débris de femme, une femme arrogante sur les rails. Mille femmes éclatées qui cherchaient un langage.

Les voyageurs s'insurgeaient. Le sang avait giclé violent sur les murs et le quai. En plus un haut-parleur annonçait le retard du prochain train. Restait une main oubliée sur la voix ferrée, main suppliante quémandant encore un geste. Personne n'a compris. Personne n'a osé un geste de sympathie. Pas même moi, Messieurs, mon bras était raide. Je n'ai pas pu. Trop tard. Puis vint un fin soleil. Un nouveau train entrait en gare, un nouveau jour s'ouvrait.

A midi, à l'hôpital on a mangé comme normalement le poisson du vendredi.

A la fête mortuaire ce n'était pas une morte que l'on enterrait, mais une caisse de bois vide recouverte de fleurs. Rien. Ils faisaient semblant les normaux, ils jouaient. Un simulacre mauvaise comédie. Les malades qui assistaient aux obsèques riaient. Les parents de la défunte étaient choqués. Le personnel de l'hôpital digne, silencieux. Est-ce qu'on n'avait pas le droit de rire, on enterrait le néant. On était immortel. La folie, son corps même, avait échappé à la logique des vivants.

Les fossoyeurs remballaient les pelles. Ils ravalaient leurs larmes. Le curé de l'hôpital qui avait refusé de célébrer la messe recollait en vitesse quelques mots plein de sueur sur l'âme. Enfin, ils se sentaient délivrés, une folle de moins, déchargés une casée définitivement, un dossier fermé.

La tribu déchirée des folles surgit et investit le cimetière. Elles sont muettes les malades, elles se tiennent par leurs mains maigres. Elles secouent leurs cheveux, les ramènent sur leur visage timoré, elles ricanent indécises et confuses, elles se cachent, se recroquevillent, puis se concentrent, prennent leur élan, éclatent. Le défilé des folles martyrisées, frappées, humiliées puis combattantes enfin glorieuses. Elles gesticulent comme des pantins, rouges d'indignation, elles écrasent avec leurs talons les couronnes de fleurs offertes par l'hôpital. Non, non non, vous n'avez pas le droit d'oublier si vite, vous n'échapperez pas à la folie. Nous, folles, nous ne savons faire qu'une chose, ovuler, couver nos œufs chauds sous le derrière et enfanter la folie.

Ils n'ont pas pu oublier. Quelque part quelqu'un a dit non. Un mot, n'importe où, n'importe quel mot, une invitation à la lecture, un frisson, un mot encore, le premier, le dernier. On peut tout inventer. Elle écrit sa peur et sa folie. Elle ne sera plus folle.

Moi, j'ai marché avec mes yeux de myope et ma tête de lune flasque, sans voir. J'ai marché dans le sang. J'ai marché dans les traces de sang qui résistaient à la pluie. J'ai lavé mes chaussures des jours, tant de fois. J'ai essayé de marcher encore. J'ai jeté mes chaussures et j'ai trouvé le langage de l'enfance. J'ai retrouvé la déraison, la dérision. Un langage tout blanc. Moi, prostrée dans un coin de

l'asile dans ma chemise de nuit blanche. Moi, attachée au lit, je regarde la cour de l'hôpital, deux
arbres tristes et un banc. J'entends les dialogues
de médecins et des bruits à la cuisine... Dieu est
un petit vieux qui fume sa pipe au coin du feu...
Je suis la femme de Barbe-Bleue, j'aime bien mourir dans le jeu, je prends le rôle de la morte, 1, 2, 3,
4, 5, 6, 7, 8, ciel, 8, 7, 6, 5, 4, 3, 2, 1, terre. Je
joue à la marelle, j'envoie le pavé dans l'enfer interdit et je n'ai pas peur. La Mère Michel est cinglée,
elle ramasse les chats crevés. Je donne ma langue au
chat. Pouce cassé, chat perché. Broum, Braoum,
Vraoum, Brouang, Vrang, Vloumb, Vroub, Beuhh,
Bu, Bu, Bu.

Elle a choisi le cri. Elle ne veut rien d'humain.
Tant pis. Elle voulait faire un roman de gestes sans
mot. Elle ne voulait pas les écrire les mots, elle
aimait les effleurer de la paume, un geste pour une
fille qui lui ressemble. C'est si fragile, ils peuvent
casser les mots. Elle a peur d'être maladroite, gros-
sière... Ils fuiraient comme les êtres qui l'ont quittée
quand elle se montrait exigeante. Les mots, il faudrait qu'elle les dompte, il faut qu'elle se laisse do-
mestiquer. Ça prendra encore du temps, mais peut-
être... si elle tient bon... un jour... Alors non, tout
de suite elle veut. Elle maltraite sa langue mater-
nelle, elle a eu envie de maltraiter sa mère. Il faut
changer de langue pour se libérer de son enfance.

Elle veut bousculer déranger inverser renverser
désarticuler désatomiser les mots, les anéantir détruire secouer démolir vider, les pulvériser les mots.

Elle n'a pas su voir, écouter comme le créateur.
Elle a essayé de toucher avec les mains le blanc,
renifler avec un mufle l'hôpital. Elle n'a fait qu'ava-

ler, recracher, enroulée sur elle-même dans un lit. Elle n'est pas sortie de l'œuf, tout est à recommencer. Sa solitude se regarde dans une tache de lumière par terre. Le soleil regarde sa solitude et renvoie des multitudes solitaires, partout, des milliers de solitudes dans la chambre nue.

Ah, si vous ne lui aviez pas donné vos sales mots, si vous ne lui aviez pas appris vos mots, si vous ne lui aviez pas dicté ce roman, Madame la Surveillante, si vous ne l'aviez pas torturée, matraquée, droguée jusqu'à ce qu'elle répète vos mots à vous, si vous l'aviez laissée vivre sans médicament elle aurait son langage. Le sien celui que vous avez fait dedans, il est manqué.

— Wragogo Wroung Vraap Rraou frou...

— Ecoute petite, les amandiers sont en fleur à Santa Barbara de Nexe, écoute un instant la lune est verte, il y a encore du beau dans le monde. Santa Barbara de Nexe... Tout est possible. Il est le rire, nous avons encore quelques lignes...

— Tchoum Vloummbb...

— Petite, écoute une minute, Santa Barbara de Nexe... Réponds un mot, réponds au moins un mot, un...

— Arreuhhh, arreuhhh, rrr, rrr, rrr............

Moribonde étendue grise amère et fétide, nébuleuse endormie huître gluante salive bave glaire sueur enfin buée halo, boudin blanchâtre qui n'a pas encore vécu, liquide de tristesse, une promesse à peine, blanche.

Peut-être qu'un jour il y aura son langage à elle, un vrai langage.

Août 1971

*Achevé d'imprimer en octobre 1980
sur les presses de l'Imprimerie Bussière
à Saint-Amand (Cher)*

Imprimé en France

Dépôt légal : 1er trimestre 1976.
N° d'impression : 2224.

ISBN 2-7210-0040-3